# Envoyé un peu spécial

DU MÊME AUTEUR

Gringoland, *Au diable vauvert, 2005 ; Le livre de poche, 2015*

Comment devenir un dieu vivant, *Au diable vauvert, 2008 ; Le livre de poche, 2015*

Touriste, *Au diable vauvert, 2011 ; Le livre de poche, 2013*

Paradis (avant liquidation), *Au diable vauvert, 2013 ; Le livre de poche, 2014*

Géorama, le tour du monde en 80 questions *(avec Vincent Brocvielle, illustrations Olivier Marty), Robert Laffont, 2014 ; Le livre de poche, 2015*

In utero, *Au diable vauvert*, 2015 ; Le livre de poche, 2017

Briser la glace, *Paulsen, 2016 ; Le livre de poche, 2018*

Dans le désert, *Au diable vauvert, 2017 ; Le livre de poche, 2019*

Comme à la guerre, *Stock, 2019 ; Le livre de poche, 2020*

Julien Blanc-Gras

# Envoyé
# un peu spécial

Stock

Ouvrage publié sous la direction
de Benoît Heimermann

Photo de bande © Zero Creatives / Getty Images

ISBN 978-2-234-08940-2

## Table d'orientation

# Préambule, écrit à la maison

En 1865, le docteur Heinrich von Stephan s'avance à la tribune de la conférence postale de Karlsruhe, Allemagne. Cet homme, qui a commencé facteur et finira ministre, s'apprête à lancer une idée révolutionnaire. On ne dispose pas du verbatim de son allocution mais voici le cœur de son propos :

– Écoutez, les gars, c'est le bazar dans le courrier, si on standardisait un peu tout ça ? On pourrait instaurer un carton imprimé sur lequel on collerait un timbre. Comme ça, on économiserait l'enveloppe.

Dans le public, les hommes hochent la tête en caressant leurs rouflaquettes. Pas con, ce Heinrich. La carte postale était née.

Elle est introduite en France en 1873. Il s'en vend des millions d'exemplaires dès les premières semaines. Pendant des décennies, la carte postale sera le grand moyen de communication populaire. C'est le SMS de l'époque. Peu chère, elle sert à papoter ou se donner rendez-vous. Cet âge d'or s'achève avec la diffusion du téléphone à partir des années 1920. Perdant son utilité initiale, la carte postale se transforme en gadget de vacanciers, en symbole kitsch du voyage.

Aujourd'hui, on n'envoie plus de cartes postales. On poste sur Instagram. Une image et quelques mots, ouverts aux quatre vents. C'est le même principe, à une différence près. Le post sur les réseaux signifie « regardez-moi ». La carte postale veut dire « je pense à toi ».

Cet ouvrage est une succession de cartes postales qui forment un courrier à votre adresse. Il rassemble quelques années de récits itinérants, de nouvelles lointaines, de plus ou moins grands reportages rapportés de mes allers-retours sur la planète Terre. C'est un road movie au long cours, constitué d'inédits et de textes parus ici et là, qu'on peut lire comme un roman épistolaire à sens unique.

Envoyer une carte postale, c'est tenter de dire beaucoup en peu de mots. C'est une politique du fragment pour rendre compte du réel. Saisir l'instantané signifiant. Extirper le suc d'une rencontre en trois phrases, attraper au vol le mot qui claque. Jongler avec les stéréotypes pour s'en affranchir. Zoomer sur le détail pour capter l'ensemble, pointer la goutte d'eau qui révèle la nature de l'océan.

Cette manie d'écrire à des inconnus m'est venue – presque – par hasard. De mes premiers grands périples, j'ai extrait des histoires qu'une éditrice a cru bon de publier (gloire à elle). De fil en aiguille, de frontières en détroits, bourlinguer est devenu ma source d'inspiration, ma bouée de sauvetage et mon métier. Journaliste de profession, voyageur par vocation, j'ai trouvé mon équilibre dans le mouvement. Je me suis inventé cette position étrange du touriste rémunéré, du reporter à temps partiel, de l'envoyé un peu spécial, nourri à Hunter S. Thomson et Ryszard Kapuściński, entre autres. Comme l'oracle timbré du gonzo-journalisme américain, les marges d'un reportage m'intéressent autant que le reportage en lui-même. Comme l'aventurier polonais, j'estime qu'il est aussi pertinent de parler à un pêcheur qu'à un ministre pour comprendre comment les gens vivent.

On m'affuble souvent de l'estampille *écrivain voyageur*, un terme ronflant (après tout, je ne fais qu'écrire à des amis imaginaires) quoique valorisant. Je suis ce gars payé pour raconter ses pérégrinations, *comme tu as de la chance.*

Mais l'étoile du voyageur pâlit. Avec la prise de conscience climatique, l'avion perd de sa désirabilité. Pour une frange croissante de l'opinion, la quête de soi dans l'Ailleurs est devenue un pêché petit-bourgeois. Les impératifs ont changé. La découverte de l'Autre est désormais subordonnée au sauvetage de tous.

Puis voilà 2020 avec son cortège de sales blagues. Frontières fermées, passagers cloués au sol, rideaux des librairies baissés. Mot d'ordre officiel : « Restez chez vous ». Un cauchemar pour l'humanité en général et pour les nomades en particulier. L'air du temps nous susurre que le bonheur est dans le près. Le *monde d'après* devra se jouer à domicile. Apparemment, il faudrait être un peu stupide, voire franchement demeuré, pour désirer voyager à notre époque. Chacun sait que la planète se trouve à portée de clic, qu'il n'est plus nécessaire de s'aventurer dehors pour socialiser ou accéder à la connaissance. Chez soi, on peut tranquillement se forger un avis définitif sur le cours des choses et la course du monde. On peut se réconforter avec des inconnus qui sont d'accord avec vous et s'engueuler avec des salauds qui ne sont pas d'accord avec vous. Bien au chaud dans son cocon numérique, on peut vitupérer contre les autres, qui n'existent que de loin, sans s'encombrer de cette réalité charnelle qui complique tout, oblige à regarder ses semblables dans les yeux, à remettre en cause ses certitudes et à affronter la nuance.

Il faut sortir de sa bulle, plus que jamais, à l'heure des confinements mentaux et de l'atomisation identitaire. C'est un principe élémentaire d'hygiène intellectuelle, un geste barrière contre les biais de confirmation et la polarisation qui contamine les consciences. Sortir de chez soi, c'est sortir de soi. En s'éloignant de ses bases, on se rapproche de l'universel.

Faute d'horizon, la myopie guette. L'expérience physique du déplacement, elle, offre une vision panoramique. Elle contraint à exercer son empathie et prodigue des enseignements salvateurs. On comprend que, vu de près, le monde n'est pas aussi moche qu'il en a l'air. Que l'inconnu n'est pas l'ennemi.

On est certes parfois accablé par la misère, les violences, l'incurable faculté des humains à se compliquer la vie. On rit, souvent, des incongruités des décalages culturels et de l'absurdité de notre condition. On est emporté, surtout, par la joie de la découverte. Rien ne m'est plus satisfaisant que de débouler dans un endroit où je n'ai jamais mis les pieds, où je ne connais personne. Chaque arrivée est une renaissance. Cette joie ne prend tout son sens que si elle est partagée – avec vous, mes amis imaginaires.

Ce livre est donc une autobiographie ambulante, un tour du globe des années 2010, une balade à travers cinq continents, une trentaine de pays (j'ai dû opérer une sélection drastique) et mille situations. Tout peut arriver en voyage. Le hasard et la curiosité ont semé sur ma route – et dans ces pages – des petites galères et des instants de grâce, des no man's land et des cités tentaculaires, une poignée de paradis et quelques enfers, des prises d'otage et des prises de bec, des nuits à danser et des nuits à l'opéra, un grand écrivain américain et un gardien de phare endimanché, des varans voraces et des lamas pas fâchés, des survivalistes assoiffés et des Iraniens alcooliques, des prêtres shintoïstes et des parapentistes téméraires, un héros national (rappeur de surcroît) et un roi fantasque (doté d'une quinzaine d'épouses), un chasseur zoophile et une star du cinéma nigérian, des flics corrompus et des voyous, d'authentiques princesses et des prostituées, la plus belle femme de l'univers, des mariages, des morts et surtout des vivants de toutes sortes.

Dans l'attente de votre retour, j'espère vous transporter.

# Au Kansas,
# où l'on s'invente une vie

Mon premier voyage intercontinental m'a conduit sur le sol des États-Unis d'Amérique. Mes parents avaient eu l'excellente idée de m'envoyer en séjour linguistique à Kansas City, Missouri. J'avais seize ans et je ne laisserai personne dire que c'est le plus bel âge de la vie quand on n'a pas son permis de conduire dans une banlieue du Midwest.

J'habite chez Dave et Nancy Green, qui m'accueillent gracieusement dans une maison du rêve américain, avec écran géant, pelouse impeccablement tondue et *desperate housewives* en guise de voisinage. Dave et Nancy sont beaux et en bonne santé, avec des dents blanches sous leur sourire de winners moyens. Dès le premier breakfast, j'ai l'impression d'évoluer dans une publicité pour des céréales. Ils sont tellement enjoués. Ce sont des Américains typiques de l'upper middle class. Je vais être immergé pendant un mois dans l'Amérique profonde, la vraie, celle qu'on retrouve dans tous les Springfield du pays.

Dave est cadre dans une grosse firme agroalimentaire, une de celles qui fournissent l'avoine pour McDonald's. Nancy est femme au foyer, elle a les yeux verts. Elle a un peu étudié le français dans sa jeunesse. C'est une femme qui attache beaucoup d'importance à ses rideaux. Dave et Nancy sont républicains, ils ne comprennent pas qu'on ait pu élire ce branleur de Bill Clinton.

Dans la maison, il y a un frigo qui fabrique des glaçons, et trois enfants. Mais ce sont des enfants et je suis un adolescent. Je rêve d'aller boire des bières, de fumer des pétards et éventuellement de rouler des pelles à une blondinette. Je suis coincé à la maison. Les autres ados du séjour sont accueillis par des familles avec des jeunes qui ont des voitures. Ils sortent, boivent des bières, fument des pétards et, éventuellement, roulent des pelles à des blondinettes.

Je me lève tous les jours à midi. Je passe mon temps devant *Mario Bros.* et MTV. Le clip de *Smells Like Teen Spirit* passe en boucle, Kurt Cobain n'est pas encore mort. Une autre chanson tourne beaucoup. Un chanteur avec un œil qui part en vrille et des paroles que je ne comprends pas très bien. Je demande à Nancy ce que veut dire *weirdo*. Elle m'explique. C'est bien comme ça que je l'avais compris.

Nancy s'occupe de me trouver des activités. Elle voit bien que je m'ennuie alors elle m'envoie au mall avec sa plus grande fille. C'est le point de rencontre des jeunes désœuvrés les après-midi chômés. Je me promène avec une enfant de onze ans dans un centre commercial. Je prends des escalators. On mange une glace. J'achète un T-shirt. J'achète un T-shirt pour donner un sens à cet après-midi. Or, un T-shirt, ça n'a pas de sens.

Sur un escalator, je croise un ado avec des Converse éventrées, une chemise de bûcheron, des cheveux sales et un jean pourri. Grunge. On n'a pas encore ce modèle de jeune, chez moi.

Nancy me demande si le mall m'a plu. Je suis assez excité de lui répondre : « Ouais, j'ai vu un grunge. » Un quoi ? Un grunge, Nancy, un mec qui écoute Nirvana et qui se lave pas parce qu'il trouve que la vie c'est de la merde. « Ah, un punk tu veux dire ? » Nancy n'est pas trop au fait de la culture en cours. Ses gamins ne sont pas encore assez âgés pour déverser du bruit distordu dans sa maison proprette.

Le fils s'appelle Joey. Bonne bouille, taches de rousseur. Richie dans *Happy Days*, version neuf ans. Il veut savoir si on a des voitures en France et s'il y a des chats en Europe. Il projette de devenir pilote de chasse de l'US Air Force. C'est un très beau rêve, Joey. Mais as-tu songé que tu seras peut-être obligé de bombarder des maisons où vivent des petits enfants innocents comme toi ? As-tu pensé aux hurlements de terreur et aux viscères éparpillés dans le living-room ?

Joey part en pleurant, je me console en me disant que j'ai peut-être sauvé des vies (et une âme) avec une réplique. Mais je suis sympa avec lui, j'accepte de jouer au croquet tous les après-midi. Le gamin s'attache à moi. Le jour de mon départ, il veut me donner sa collection d'images de joueurs de base-ball. Je suis touché mais je lui explique que je dois refuser. Je m'en fous un peu de ces joueurs de base-ball. Et puis il va le regretter. Moi, je suis bien content de ne pas avoir refilé mes albums Panini au premier venu. Joey, si tu lis ces lignes, j'espère que tu es reconnaissant. Contacte-moi, je voudrais savoir si tu es devenu pilote de chasse ou producteur de R'n'B.

Une fois par semaine, on mange à table. Le reste du temps, chacun se sert dans le frigo au moment qui lui convient. Ce jour-là, on récite la prière avant le repas. Nancy va au temple tous les dimanches. Elle est née méthodiste et s'est convertie au presbytérianisme en épousant Dave. Je me réjouis de les accompagner à l'office. Ayant été élevé dans un anticléricalisme rigoureux, je n'ai jamais assisté à une messe de ma vie. Comme je m'y attendais, l'expérience se révèle violemment soporifique.

En sortant, Nancy serre la main du pasteur :

– Très beau sermon, mon père. Je vous présente le jeune Français que nous accueillons en ce moment.

Le pasteur, un vieux schnoque au sourire matois, félicite Nancy pour sa bonne action. Il me regarde droit dans les yeux pour me dire : « *Welcome to USA, son* », comme si j'étais un orphelin réfugié de la guerre en Sierra Leone. Merci pour votre accueil, father. En revanche, m'inscrire chez votre Jésus, ça ne va pas être possible, je viens juste de prendre ma carte chez Kurt Cobain.

Dave m'emmène au match de base-ball. Pendant l'hymne national, un enfant me tape sur l'épaule et me jette un regard désapprobateur en pointant ma tête. Je n'ai pas enlevé ma casquette, blasphème. Le match est ennuyeux, je décide d'aller fumer une cigarette. J'ai seize ans et je suis aux États-Unis d'Amérique alors il faut que je fasse des trucs un peu dingues. J'ai pu me procurer un paquet de clopes mais je n'ai pas de feu. J'interpelle un homme qui fume. Il sort son briquet, me regarde, hésite, le range : « *Don't start smoking, kid.* » Hé, connard, j'ai déjà fumé, j'ai seize ans et je suis au pays de la liberté.

Nancy se donne du mal pour me socialiser. Elle me présente aux voisins qui ont un fils de mon âge. Chouette, on va traîner avec ses potes, faire du skate, écouter du gangsta rap, boire des bières, pétards, blondinettes. Non, mauvais cheval, ce Steve. Comme tous les êtres humains, il est constitué de 70 % d'eau, le reste étant chez lui occupé par l'acné. Il est petit, limite bossu, et on voit immédiatement qu'il sert de souffre-douleur au quarterback au lycée. Nous passons un après-midi avachis sur un canapé pour regarder *Wayne's World*. Steve joue du Metallica et du Ministry sur son Ibanez. Il a une fronde dont il se sert pour dégommer les oiseaux dans le jardin avec un sale sourire. Un bon candidat pour Columbine, qui n'a pas encore eu lieu.

Nancy a prévu un voyage dans l'Ohio pour aller voir sa mère. Je la soupçonne de planifier ça simplement pour me faire voir du pays. C'est chic de sa part, d'autant que je viens juste de lire *Sur la route*. Je vais traverser trois États américains, on va passer par Saint Louis, le vrai road trip. Dave ne sera pas de la partie, ce qui fait galoper mon imagination. Il faut comprendre que Nancy est une belle femme. Le terme MILF n'existe pas encore mais le concept est clairement établi dans ma tête. Nancy n'est pas très âgée, peut-être trente-cinq ans. Moi j'ai seize ans et tout ce qui va avec ; le temps que je ne passe pas devant MTV est essentiellement consacré à la masturbation.

Le trip est annulé parce que le Mississippi déborde. Les inondations ont causé pas mal de morts et paralysent le Midwest. Sur une chaîne religieuse, un télévangéliste explique que c'est à cause des pédés.

Je ne suis jamais allé dans l'Ohio, je n'irai peut-être jamais.

Dave me présente un autre voisin. Rick est complètement cool. Il est flic et il me propose de patrouiller avec lui.

– Ça te dirait, mon pote ?

Tu m'étonnes, Rick. J'ai grandi avec Starsky et Hutch, je ne vais certainement pas refuser une virée dans une voiture du Kansas City Police Department. Rick a d'ailleurs une petite ressemblance avec Hutch. Blond et athlétique, il porte fièrement l'uniforme et ne prend pas sa mission de service et de protection à la légère.

On commence tranquille, à la circulation. On se gare sur un pont enjambant une autoroute. Rick a un pistolet qui lit les vitesses des véhicules. Il me laisse m'en servir. Je flashe un inconscient qui roule à 103 km/h, Rick me crie : « Monte dans la bagnole ! » et démarre comme dans les films, avec la sirène et les pneus qui crissent. On fonce pour rattraper le danger public, qui comprend vite qu'il ne pourra rien contre une paire de flics de notre trempe. Le chauffard se gare sur le bas-côté. Je m'approche de la voiture et lui demande : « Vous savez à combien vous rouliez ? » (Ça, c'est Rick qui le dit mais c'est mon équipier, à la vie, à la mort, tout ce qu'il fait, je pourrais le faire.) La terreur du bitume baisse les yeux et marmonne un « non » piteux. Non qui ? « Non, monsieur l'agent. » Je lui colle une prune à cent cinquante dollars et je repars en trombe (sirène, pneus, etc.) avec la conscience du travail bien fait et un donut à la main. Croyez-moi, en ce moment, la nouvelle se répand dans les bas-fonds de Kansas City : il y a un duo de policiers pas commodes qui a entrepris de faire le ménage dans cette ville. Les mafieux et les tueurs en série doivent sérieusement songer à s'exiler dans des coins où les forces de l'ordre sont moins coriaces. Sacré Rick, on en a fait de belles tous les deux. Tu te souviens de la bande du Bing-a-Bang Club ? Un ramassis d'ordures qui rackettaient les honnêtes commerçants. Quinze salopards sous les verrous et c'est tout un quartier qui retrouve la paix. Moi je veux que mes enfants puissent grandir dans un pays où le crime ne règne pas à tous les coins de rue, tu vois Rick. Tu reprends un donut ?

Un appel radio. Je ne comprends pas tout, mais Rick tire la tronche (je connaissais ce rictus, Rick n'était pas dans un bon jour et cet appel foireux n'était pas parti pour améliorer les choses).

C'est assez sérieux. Un forcené, apparemment. Un gars qui s'est fait virer de son job et qui a menacé de tuer tout le monde. Sa femme l'a vu partir de chez lui avec une arme.

OK, on va neutraliser cet individu avant qu'un drame ne se produise. Ça va être coton, mais c'est largement dans nos cordes, Rick.

– Ça pourrait être dangereux, alors je vais te ramener chez toi.

Rick, tu peux pas me faire ça. Au moment où ça allait devenir marrant. Un vrai truc à raconter en rentrant. Je me fais chier depuis trois semaines dans ton bled de bouseux et pour une fois que j'ai l'occasion de voir de l'action (peut-être même du sang) tu me ramènes devant MTV. Après tout ce qu'on a traversé ensemble, la bande du Bing-a-Bang, ça compte plus, ça veut rien dire pour toi ? C'est parce que c'est uniquement dans ma tête, c'est ça ?

Sans pitié, Rick me ramène chez Nancy et Dave, pour aller intercepter un monsieur Tout-le-monde en colère contre la machine avant qu'il n'aille faire un carton au mall. J'allume MTV. Un petit chanteur teigneux énumère : *conformité, soumission, ignorance, hypocrisie.* La musique s'arrête, il hurle à travers ses dreadlocks :

*All of which are American dreams, all of which are American dreams*

Dans l'avion du retour, j'apprends qu'il y a eu un scandale. Un ado français a couché avec la mère de sa famille d'accueil. Auprès des garçons du groupe, le mec est catapulté dieu vivant direct. Il a été renvoyé illico et le couple a divorcé.

Je pense que Nancy et Dave sont toujours ensemble, ils avaient l'air solides. Ils ont dû voter Bush en 2000 et Bush en 2004. Ils ont sûrement approuvé la guerre en Irak, Guantanamo, le Patriot Act et Fox News.

Cet été-là, je n'ai pas couché avec Nancy mais j'ai fini tous les tableaux de *Mario Bros*. Voilà ce que j'ai accompli lors de mon premier passage aux États-Unis d'Amérique. J'ai aussi compris, à l'aube de ma vie d'adulte, qu'on avait tout à gagner à rêver loin de chez soi.

# Aux États-Unis, où l'on met quinze ans pour aller de San Francisco à New York (en passant par Los Angeles, Las Vegas, Austin et Philadelphie)

J'arrive à San Francisco dans un bus miteux, comme un clodo, avec un sac et une guitare sur le dos, un pantalon troué et l'énergie du jeune routard ensoleillé qui vient de traverser le Mexique.

Six mois plus tôt, des avions ont percuté des tours. Les Américains sont déboussolés, on voit des drapeaux et des slogans patriotiques à tous les coins de rue. Il paraît que le président Bush veut envahir l'Irak. J'ai d'autres chats à fouetter, il faut que je trouve un boulot, je n'ai plus un kopeck et de toute façon les kopecks, ça ne vaut rien en Californie.

Le logement, ça va, je suis accueilli par une amie plus âgée que moi rencontrée quelques mois auparavant sur une plage du Belize. Elle est marrante, on baise comme des malades dans sa maison bleue adossée à la colline – je vous jure.

Je fais le tour des boutiques de Haight-Ashbury pour quémander un emploi. Un café français consent à m'embaucher grâce à mon accent qui ajoutera une touche d'exotisme du meilleur effet auprès de la clientèle.

Je suis parti de Gap, France, sans savoir où j'allais. Un an plus tard, j'ai un job, un toit et une copine dans la ville la plus cool d'Amérique ; je savoure ma chance. Je sifflote, mains dans les poches, dans ces rues qui montent et descendent et qui montent et qui descendent.

Pour la paperasse, on s'arrange. On m'invente un numéro de sécurité sociale, on bidonne une existence administrative. C'est comme ça dans tous les restaurants, les autorités n'ont d'autre choix que de fermer les yeux. Sinon les Américains ne pourraient pas manger.

Ils m'ont aussi recruté parce que je peux communiquer en espagnol avec les Péruviens et les Guatémaltèques en cuisine. Le manager cubain me glisse qu'il me trouve mignon. C'est gentil de sa part mais il est mon supérieur hiérarchique, j'aurais pu lui faire un procès.

J'officie au comptoir, duquel j'envoie des kilos de croissants et des litres de cappuccinos. Les pourboires sont corrects, je m'achète un pantalon non troué. Un après-midi, je sers une soupe à Robin Wright qui, bien des années plus tard, deviendra présidente des États-Unis dans une série Netflix.

Ma copine est mondaine, elle m'exhibe dans les soirées en précisant « *he's French* ». Elle prétend qu'elle possède une BMW qui est actuellement en réparation. Ce n'est pas vrai. Elle dit être journaliste mais elle ne travaille jamais.

Le jour, je suis travailleur sans papiers. Le soir, j'écume les lieux de perdition. On gobe ce qui passe, on laisse faire la nuit et on se retrouve parfois dans des situations vraiment bizarres – je ne peux pas tout vous raconter. J'ai vingt-cinq ans, je suis immortel, il ne peut rien m'arriver.

Le colocataire de ma copine se présente comme DJ et il est aussi surfeur à ses heures. En vérité, il est salarié dans un bureau devant un ordinateur. Parfois, il parle tout seul.

Je reste un printemps à San Francisco, j'ai le temps de faire du tourisme. Le grand pont rouge, Alcatraz, les séquoias. Le week-end, je joue de la guitare au Golden Gate Park avec toutes sortes de zonards, backpackers égarés, voyous édentés et hippies coincés au XXe siècle.

Je m'engueule avec ma copine, je trouve une colocation avec une actrice/mannequin/photographe américano-japonaise antipathique et un vieux rocker anglais soumis à cette dernière.

Je pars m'aérer au Yosemite, où je campe avec un philosophe gallois. On refait le monde en marchant dans les bois et on a peur de se faire bouffer par les ours.

Un matin, j'apprends qu'il y a une élection présidentielle en France ; les résultats ne sont pas terribles. Ça fait longtemps que je ne suis pas rentré chez moi. Est-ce que j'ai encore un chez-moi, d'ailleurs, depuis le temps que je suis parti ?

En fin de soirée, une fille m'affirme que le 11 Septembre a été organisé par la CIA alors je vais parler avec quelqu'un d'autre et un mec m'assure qu'on ne nous dit pas tout sur les enlèvements dus aux extraterrestres. J'esquive de nouveau et la fille me remet le grappin dessus pour m'expliquer que tous les hommes sont des porcs.

Durant mon temps libre, je griffonne sur un grand cahier des notes éparses qui deviendront la matrice de mon premier roman.

Je trouve qu'ils sont tous tarés – ou alors c'est moi, je ne suis pas sûr. Pourquoi mettez-vous autant d'entrain à faire semblant d'être heureux ? Ça se voit que vous êtes seuls et misérables.

J'en ai marre, je me casse, direction le Mexique dans un bus miteux. J'ai une guitare sur le dos et trois sous dans la poche de mon pantalon neuf, je retourne dans un pays civilisé.

*

Je reviens en Californie une dizaine d'années plus tard et je suis bien obligé de constater que je ne suis plus le même homme. Ma chemise est repassée, je suis envoyé par un grand journal pour interviewer un grand écrivain à Beverly Hills et je débarque en avion.

J'arrive à Los Angeles par un vol de jour décollant d'Amsterdam. Dit comme ça, ça n'a l'air de rien, mais l'appareil traverse tout de même un quart de planète en suivant le soleil. Passé les côtes irlandaises, on délaisse l'humanité pour survoler l'Atlantique, le Groenland, la banquise qui s'effrite, la baie d'Hudson et la forêt boréale canadienne. J'ai passé sept heures collé au hublot, suspendu au monde sans détecter de forme de vie – ni route, ni habitation, ni rien –, avant de redescendre vers une mégapole de dix-huit millions d'habitants.

Le grand écrivain m'ouvre la porte en pyjama. Il répond à toutes mes questions sans se défiler et, fidèle à sa légende, me confirme avoir « dépensé trop d'argent dans les fêtes et la drogue » au cours de son existence. Après l'entretien, il m'emmène dîner avec ses potes et un acteur de seconde catégorie dont la tête me dit quelque chose. Je demande quelle est la meilleure chose à faire quand on a une journée à perdre (ou à gagner) dans la Cité des anges. Le grand écrivain me conseille de me bourrer la gueule, d'aller aux putes et de tout passer en notes de frais.

J'écoute la radio très fort en musardant sur Mulholland Drive et je me perds dans une impasse de Cielo Drive avant de redescendre sur Santa Monica. À Venice Beach, je zigzague entre les skaters, les yogis et les campements de homeless. Une créatrice de bijoux me fait boire un jus thérapeutique aux algues à douze dollars le shot.

Pour accroître ma street-credibility, je descends dans le ghetto sud jusqu'à Compton, où l'on croise les bad boys coiffés du bandana bleu des Crips. Un quart de siècle plus tôt, une poignée de gangsters du coin a révolutionné l'histoire du son. *L.A. niggaz rule the world*, comme ils disent.

Sur Sunset Boulevard, je perds quelques heures chez Amoeba, le plus grand magasin de musique du monde, où un rayon K7 survit, entouré du dernier Justin Bieber et de l'intégrale de Truffaut en DVD.

Je passe ma dernière soirée sur cet Hollywood Boulevard peuplé de bimbos débordant de silicone, de kékés à casquette bodybuildés, de bikers tatoués, de touristes latinos et de sosies ayant abandonné toute dignité. Mec, tu ne ressembles pas du tout à Johnny Depp, enlève-moi tout de suite ce costume de *Pirates des Caraïbes*.

Sur le Walk of Fame, deux nains ivres font la course dans des fauteuils roulants électriques. Vers l'étoile de Charles Bronson, l'enseigne d'un club de strip-tease promet « des milliers de jolies filles et trois boudins ».

Je m'arrête dans un dinner où je consomme un hamburger qui m'ôte deux semaines d'espérance de vie, en regardant un Batman compter sa recette du soir. Sur le chemin du motel, je donne les pièces qui traînent au fond de mes poches à une clocharde qui traîne au fond du rêve américain. Elle me dit « *God bless you* » ; elle a l'air sincère.

*

Je n'avais absolument pas l'intention de venir à Las Vegas. Le toc, pas mon truc. Mais un magazine de mode m'a commandé un reportage sur un tournoi de poker, je n'allais pas refuser non plus.

La limousine avance, les feux d'artifice s'envolent sur le Strip et j'exulte devant la grandiloquence des lieux. C'est beaucoup plus haut que prévu. C'est beaucoup plus tout que prévu. Voici un endroit où l'imagination est réellement au pouvoir. Elle partage ce pouvoir avec le mauvais goût, le stupre et la luxure, mais tout de même.

L'Opéra Garnier se situe à douze mètres de l'Arc de triomphe, lui-même sis juste à côté de la tour Eiffel, à deux pas de la pyramide de Kheops. Ce n'est pas une ville, c'est un parc d'attractions.

La cité du péché a été bâtie par les mormons. Dieu se compte en dollars et on dénombre autant de machines à sous que de chambres d'hôtel. Toutes les vingt-trois minutes, on entend des cris de joie.

Il n'est pas interdit de fumer dans les couloirs des hôtels. Personne ne fume. La prostitution est illégale. Sur le Strip, des sans-papiers distribuent des prospectus. *Hot babes direct to you. Call 888 645*. What happens in Vegas, etc.

C'est bien connu : le temps ne s'écoule pas ici, les casinos n'ont pas d'horloge. En revanche, mon hôtel abrite deux chapelles afin de s'inscrire pour l'éternité. Dans l'établissement voisin, il y a un enclos à tigres.

Un couple de quinquagénaires se marie en Cadillac et sans témoins. C'est Elvis qui officie. À côté de la *drive-thru wedding chapel*, un motel, un strip club et un tatoueur nommé « Precious Slut ».

Dans le plus grand hôtel du monde, on a reproduit Venise sur une longueur de six cents mètres, avec ses canaux, son ciel bleu lagune et ses gondoliers mexicains.

Ce n'est pas une ville, c'est un entrepôt à botox. Toutes les Cindy-Lynn d'Amérique se sont donné rendez-vous sur le tapis vert à défaut de fouler les tapis rouges. Elles ont les mêmes seins, les mêmes robes, les mêmes chaussures. Démesure et talons aiguilles. Un jour, Kim Kardashian sera présidente de ce pays.

J'interviewe un chanteur qui vante sa vie de famille avec un enthousiasme émouvant. Après l'entretien, il propose un massage à une journaliste, qui se trouve être une belle blonde culminant à 95 D.

Il y a aussi un aquarium avec des requins, traversé par un toboggan.

« Putain, le bad beat, il me sort un carreau et il tope sa couleur. » Le chanteur est en colère, il vient de se faire éliminer dès le premier tour des World Series of Poker.

– Vous avez vraiment des tigres ?
– Oui, prenez à gauche, suivez ce couloir pendant trois cents mètres et vous y arrivez.

Le Français qui a monté une affaire florissante à Vegas : « J'ai connu un croupier qui était incapable de compter jusqu'à 21. Il devait s'aider avec ses doigts. Vous pouvez le croire, ça ? Ça fait six ans que je vis ici. N'allez surtout pas croire que j'ai des amis. »

Il faut toujours demander aux taxis d'où ils viennent. Ça fait un voyage pendant le voyage.

– Je suis originaire d'Érythrée.

– D'Asmara ?

L'homme se retourne pour me jeter un regard d'incrédulité mêlée de gratitude.

– D'habitude, les gens n'ont jamais entendu parler de mon pays.

– Vous avez affaire à un géonévropathe.

Le président Obama donne un discours à l'université du Nevada pour soutenir la campagne du sénateur local. Il vient aussi se faire pardonner. Quelques mois plus tôt, il a conseillé aux Américains de ne pas aller cramer leur cash à Las Vegas ; la chambre de commerce n'a pas aimé.

La ville de carton-pâte dissimule un réseau de souterrains où vivent des milliers de SDF.

Un autre chauffeur de taxi m'explique que Donald Trump est endetté jusqu'au cou. Le gars est ruiné, fini.

Sur un trône, derrière une vitre blindée, on peut admirer la plus grosse pépite d'or du monde.

Aberration écologique plantée dans le désert, Las Vegas craint la pénurie d'eau et elle est inondée une fois par an. Pour être lavée de ses péchés, je suppose.

Dans les faubourgs de la cité, il y a une décharge d'enseignes lumineuses qui ne brilleront plus jamais.

Las Vegas est conçue pour provoquer l'euphorie à l'arrivée et la déprime au départ, avec un vieux dégoût dans la bouche. Ce n'est pas une ville, c'est le rêve américain au carré, tous curseurs poussés à fond.

Accaparé par le spectacle, je n'ai pas pensé à jouer le moindre dollar.

*

C'est triste à dire mais l'artiste texan le plus connu est un type qui peint des caniches et qui a envahi un pays pour régler son œdipe. George W. Bush, 43e président des États-Unis et ancien gouverneur du *Lone Star State* reconverti dans l'aquarelle expose ses croûtes à Dallas. La Terre entière, sidérée par la laideur de son œuvre, hurle de rire.

Je ne suis pas venu pour parler caniches. Un magazine de voyage m'a chargé de dresser le portrait d'une cité d'irréductibles libéraux isolée dans cet univers impitoyable peuplé de pétroliers adeptes du rodéo. Oasis de cool dans le désert conservateur, elle brandit haut sa devise, « *Keep Austin Weird !* », soit : « Qu'Austin reste bizarre ! »

On pourrait penser qu'il s'agit d'un simple slogan touristique destiné à attirer le chaland. On pourrait le penser, jusqu'à ce qu'on rencontre un énorme barbu coiffé d'un Stetson et vêtu d'une robe rouge, qui fume un joint avant de se lancer dans une course à pied avec une trentaine de camarades accoutrés comme lui. Un dimanche après-midi.

Sur South Congress Avenue, Allens Boots étale des milliers de modèles de santiags pour rappeler qu'on est au Texas et que ce n'est pas incompatible avec la contre-culture. Chez le libraire, on trouve des exemplaires de *Last Exit to Brooklyn* dédicacés par Hubert Selby Jr.

Il fait chaud et les filles accordent leurs bottes avec des minishorts. Pour les garçons, la barbe semble obligatoire. D'ailleurs le barbier sert de la bière microbrassée localement.

Un pousse-pousse se faufile devant l'épicerie bio. Chez Uncommon Objects, bazar hétéroclite, on peut acquérir un lynx empaillé ou un buste de Jules César. Le pousse-pousse est conduit par Elvis, qui est décidément partout.

South Congress, rebaptisé SoCo, n'a pas toujours été cet endroit bien décoré où l'on boit des macchiatos en terrasse en arborant son dernier tatouage. Il y a vingt ans, c'était la zone.

Au bord de la rivière Colorado, une statue de Stevie Ray Vaughan nous avertit qu'on ne plaisante pas avec les guitares dans cette contrée. Je suis passé par la rue Willie Nelson, légende toujours bien vivante de la country – à l'heure où j'écris ces lignes. Janis Joplin a commencé ici. Ce sont tous des enfants du pays.

Le South by Southwest (SXSW pour les intimes) est un festival incontournable du circuit culturel mondial. Il s'y passe toujours quelque chose. L'année précédente, Lady Gaga s'est fait vomir dessus par la performeuse Millie Brown.

Austin s'est attribué le surnom de Live Music Capital of the World, et elle a bien raison. Entrez dans n'importe quel bar, il y aura un groupe en train de jouer – même au café de l'aéroport.

On compte plus de deux cent cinquante clubs de musique en ville. Tous les week-ends, le 6th Street District s'emplit d'une foule de jeunes gens venus se saouler méthodiquement en écoutant des solos de guitare dans des usines à bières.

À la White Horse Tavern, un véritable honky-tonk, les cowboys et les hipsters dansent ensemble entre les tables de billard, pendant qu'un guitariste gominé envoie du rockabilly.

« Austin est un havre de tolérance », m'explique Nakia, un blues-rocker corpulent et barbu, qui a été missionnaire en Afrique et guide de caverne avant de passer à *The Voice*. Le jour de son arrivée en ville, il a rencontré son mec. Ils sont toujours ensemble douze ans plus tard. Il est plus à l'aise ici que dans son Alabama natal.

Erin Ivey, « la reine des chanteuses de folk d'Austin », me raconte peu ou prou la même chose. « Il y a une énergie particulière, un feeling tropical. C'est presque encouragé d'être bizarre. Ici, la différence, c'est la norme. »

Nakia monte sur la scène et déclare : « Je vais maintenant jouer une chanson pour dire à quel point je trouve ça fun d'être gros. »

Dans le magasin de chapeaux, la vendeuse précise qu'il est autorisé de danser et me réconcilie, pour un instant, avec les États-Unis d'Amérique.

*

Tiré du lit par le jet lag, je n'ai rien de mieux à faire que de sortir assister au réveil de cette ville qui aurait pu devenir la capitale des États-Unis – ça s'est joué à pas grand-chose. Outre les balayeurs déjà à l'œuvre et quelques sans-abri qui s'étirent, les rues de Philadelphie sont à moi, seul et minuscule sous la skyline.

Je ne vais pas mentir, c'est une ville très agréable. Non contente d'être la huitième agglomération du pays et le berceau de la nation (la Déclaration d'indépendance du 4 juillet 1776 a été signée ici), Philadelphie dispose de larges trottoirs où l'on peut marcher, ce qui n'est pas gagné d'avance dans ces contrées automobiles.

Les rues commencent à frémir, les joggeurs joggent et les gens promènent leur chien. « *It's a very dog-oriented city* », m'explique une autochtone avec fierté. Les restaurants acceptent les clébards et on trouve un nombre anormalement élevé d'épiceries fines pour toutous. Il y a également des ongleries à chaque carrefour. Peu de librairies, en revanche.

Levons les yeux, car ici ce sont les murs qui racontent des histoires. Dans les années 1980, la ville, sinistrée socialement, a lancé un programme pour lutter contre les tags sauvages. Elle a subventionné les gamins pour qu'ils élaborent un processus artistique au lieu de vandaliser. Aujourd'hui, trois mille cinq cents fresques murales donnent l'impression d'évoluer dans une bande dessinée géante ou un musée en plein air.

Le Philadelphia Museum of Art, lui, possède des murs. Il a beau accueillir des tournesols de Van Gogh et des baigneuses de Cézanne, il est surtout connu pour son escalier monumental, sur lequel Rocky Balboa s'entraîne avant d'aller se faire casser la gueule. Tout le monde s'arrête pour prendre une photo de la statue de Stallone poings levés sous un immense drapeau américain, icône de l'Amérique des années Reagan, blessée mais conquérante.

Je zone devant la télé à l'hôtel, le cerveau embrumé par le décalage horaire. J'ai beau zapper, je ne parviens pas à trouver autre chose que de la publicité. La moitié des réclames proposent des régimes (ou des rameurs vantés par Chuck Norris) et l'autre moitié, de la junk-food. Le poison et l'antidote. En ville, le taux d'obésité est effarant ; ce peuple est en train de se suicider au sucre.

Je transpire au bord du fleuve Delaware avec une foule bombardée de soleil et de classiques du rap des années 1990. C'est le pique-nique de The Roots. Le groupe, immense fierté locale, organise ce festival annuel en plein air. Blancs et noirs viennent communier dans l'amour du hip-hop. C'est la face lumineuse de l'Amérique d'Obama, capable d'oublier pour un instant ses tensions raciales.

Je ne pourrai pas dormir. Je fonce vers South Street, le quartier animé de la ville. Le chanteur de taxi burkinabé est intarissable quand il parle de son amour pour le rap toulousain. Un groupe de jeunes femmes voilées sort d'un sex-shop en riant. Devant un centre commercial, les allumés d'une secte de suprémacistes noirs chrétiens, aux looks paramilitaires, éructent des diatribes anti-blancs. Dans un karaoké, des adolescentes de cent vingt kilos braillent des tubes de Def Leppard. C'est le pays de la liberté, on a le droit de raconter n'importe quoi et de chanter faux. Tant pis si le reste du monde écarquille les yeux.

Au trente-septième étage de la Liberty Tower, les lumières de la ville scintillent à l'infini. On est en Amérique. Le meilleur, le pire, rien n'est impossible.

*

Je marche dans les rues de Manhattan sans autre but que d'évoluer dans un décor de cinéma, avec des plaques d'égout qui fument, des taxis jaunes qui klaxonnent et des sirènes qui hurlent.

Chez Katz's, je déguste un excellent pastrami pile à la table où Sally simule son orgasme légendaire devant Harry.

Sur les façades en brique du Lower East Side, j'essaie de repérer l'escalier extérieur par lequel le jeune Vito Corleone s'enfuit après avoir assassiné Don Fanucci.

Je ne capte pas la légendaire énergie de Manhattan, celle qu'on ressentait dix ans auparavant. Peut-être parce qu'il n'y a plus que des traders et des touristes dans cette partie de la ville et que ça ne suffit pas.

Je déjeune chez Robert De Niro et je compte bien lui demander des explications à ce sujet. (Bon, je ne déjeune pas vraiment chez lui mais dans son restaurant de Tribeca. Appelez-moi le patron, mon escalope est tiède et l'énergie de New York a disparu.)

Devant le Stock Exchange, un sapin de Noël démesuré illumine Wall Street. Il a neigé ce matin, j'ai les pieds mouillés et le sommet du One World Trade Center est perdu dans le brouillard.

La patinoire du Rockfeller Center est bondée, les enfants sont heureux, tout est scintillant : en faisant un effort de bonne humeur, on est dans un film de Capra.

Non, je ne veux pas aller voir *Le Roi lion* à Broadway, merci.

Je vais en pèlerinage devant le Dakota Building où se situe l'action diabolique de *Rosemary's Baby* réalisé par le mari de Sharon Tate, éventrée à Cielo Drive par des cinglés ayant décelé des appels au meurtre dans les chansons des Beatles, dont le leader sera assassiné devant le Dakota Building.

Les cinglés de la famille Manson ont expliqué avoir entendu ces messages sur le *White Album*, composé en partie en Inde, où les Beatles séjournaient en compagnie de Mia Farrow, qui joue Rosemary.

Nous sommes en décembre 2016. Il y a des manifestants pro-migrants et des barrières de sécurité vers le croisement de la 5e Avenue et de la 56e Rue. Devant le bâtiment, une militante tient une pancarte « Impeach his ass », avec un cul à la place du visage du président élu des États-Unis d'Amérique.

L'intérieur de la Trump Tower n'est que marbre et kitscheries, fleurs en plastique jouxtant des tableaux dégueulasses, lustres en cristal et moquettes dont votre grand-mère ne voudrait pas.

Michael Jackson, Jean-Claude Duvalier et Cristiano Ronaldo ont vécu dans cet immeuble.

Je n'achète rien à la bijouterie Ivanka Trump, ni au magasin de vêtements pour enfants Trump Kids. Je n'achète pas de casquette Make America Great Again, ni *The Art of the Deal* à la boutique Donald J. Trump signature collection.

Vous n'avez pas idée du nombre de gens qui font des selfies. Il n'y a pas un New-Yorkais dans cette foule.

Le Trump Grill est complet. Le Trump Cafe aussi. Le Trump's Ice Cream Parlor aussi. Après quelques minutes d'attente, je parviens à me glisser au comptoir du Trump Bar où j'hésite entre le Billionaire Martini et le cocktail You're Fired.

Le peuple américain a élu une marque et ce n'est pas du cinéma.

« Ils ont augmenté les prix des consommations depuis l'élection », m'expliquent Chris et Teresa, un couple du Kentucky. Ils sont déjà venus à la Trump Tower voici quelques années, il n'y avait pas autant de monde.

Quelques étages au-dessus de moi, une vieille créature orange se comportant comme un enfant dirige le monde à coups de tweets depuis un penthouse moche. J'ai quarante ans, je suis soudain envahi par la honte d'appartenir à l'espèce humaine.

Si c'est comme ça, je vais donner à manger aux canards de Central Park.

# À Saint-Pierre-et-Miquelon, avec Chateaubriand et des lamas

Je ne vais pas vous parler du jour où j'ai été nominé pour le prix Somfy à Cluses (74300), parrainé par le célèbre fabricant de volets roulants. Car je ne l'ai pas eu.

Je ne vais pas vous parler du jour où j'ai reçu le prix Jackie-Bouquin décerné à la médiathèque de Chambray-lès-Tours (37170). Car, outre son intitulé légèrement incongru, la remise du trophée s'est déroulée de manière on ne peut plus classique : accueil chaleureux, questions du public, dédicaces, verre de l'amitié, retour par le train de 19 h 37. Non, je vais évoquer un épisode qui m'a transporté vers des horizons bien plus lointains.

Je vais vous parler de l'aventure qui a commencé le jour où un e-mail m'a appris que j'étais le lauréat du Prix littéraire de l'Archipel de Saint-Pierre-et-Miquelon. J'étais invité à passer une semaine dans ce territoire d'outre-mer de l'Atlantique Nord, perdu du côté de Terre-Neuve. La principale caractéristique de Saint-Pierre-et-Miquelon (97500), outre son climat subarctique, réside dans son éloignement de la métropole. Il faut passer par Montréal, huit heures vers l'ouest, avant de repartir pour trois heures de vol vers l'est.

Tout le monde se tutoyait dans cet avion ; on connaît vite ses voisins quand on vit sur un archipel de six mille quatre-vingts habitants. La situation a commencé à basculer dans l'étrange quand l'hôtesse de l'air m'a accueilli à bord d'un enthousiaste « Bonjour, monsieur l'écrivain ». À l'arrivée, dans l'aéroport les écrans dédiés aux horaires des vols affichaient ma photo. Une équipe télé m'attendait ; elle ne m'a pas lâché de la semaine. Je suis passé tous les jours sur Saint-Pierre-et-Miquelon Première, la chaîne locale. J'ai été invité au JT de 20 heures pour la première fois de ma vie – et certainement la dernière.

Il faut dire que la venue d'un romancier n'est pas un événement si commun dans les parages. La dernière fois, c'était Chateaubriand, rien que ça. Le vicomte, en visite au « pays des ombres » (il y a pas mal de brume par ici) a immortalisé cet outre-mer dans son *Outre-tombe*.

De mon côté, j'ai fait le tour des deux établissements scolaires pour rencontrer la jeunesse, j'ai assisté à la victoire de François Hollande dans l'un des quatre bistrots de l'île et j'ai bu des cocktails dont les glaçons venaient d'un iceberg qui passait dans le coin. Comme François-René, je me suis laissé ensorceler par la beauté rugueuse de cette nature battue par les vents et j'ai apprécié à sa juste valeur l'hospitalité des gens du cru. J'ai sympathisé avec une baleine et j'ai vu des lamas brouter l'herbe pelée de Miquelon. Parfaitement, des lamas. Quelqu'un m'a expliqué pourquoi on trouvait des camélidés sud-américains au large du Canada, mais hélas j'ai oublié (dommage, je crois que l'histoire était marrante). Chateaubriand, lui, a mentionné la présence d'ours blancs à Saint-Pierre, ce qui prouve que ce type était un grand mythomane, car il n'y en a jamais eu sur ces îles. C'est probablement à cause de ce genre d'imprécision que Chateaubriand n'a jamais reçu le prix littéraire de l'archipel de Saint-Pierre-et-Miquelon.

# À Valparaiso, où l'on tremble devant tant de beauté

Je vous écris de Valparaiso, Chili, où je m'installerais bien si ce n'était pas si loin. Voilà un endroit dont il est facile de tomber amoureux au premier coup d'œil, et ce n'est pas si courant. C'est le charme des villes en relief qui promettent des secrets dans les recoins de leurs vallons. Sur les cerros, les maisons en tôle, en brique ou en broc semblent parfois tenir par la seule grâce de Dieu (qui pourtant n'existe pas) en attendant le prochain tremblement de terre dévastateur (la preuve). Valparaiso et ses couleurs décaties offrent au visiteur la patine du temps, qui n'a pas de prix. Elle scintille de l'énergie des ports, où les cultures se croisent et finissent par s'étaler sur les murs. Pas une rue sans fresque, sans une histoire racontée sur les façades. Sur les paseos, balcons urbains sous lesquels dévale la ville, des amoureux se bécotent sur les bancs publics, un adolescent joue de la guitare, un chien bien nourri fait la sieste.

Aux fenêtres, des petits vieux lisent le journal en regardant passer les heures. C'est le Sud, le temps dure longtemps, on est dehors quand on est chez soi, et vice versa. Valparaiso sonne juste, authentique pile comme il faut, ni miséreuse ni muséifiée. C'est La Havane qui rencontre Lisbonne pour engendrer une petite San Francisco de l'hémisphère Sud. Valparaiso = vallée du paradis. Cette ville n'usurpe pas son nom

On descend un escalier, on monte dans un funiculaire, on se perd dans ses contours tortueux, on s'imagine dans un labyrinthe borgésien mais c'est une fausse piste car on tombe sur le fantôme de Pablo Neruda. Dans son bureau perché de la Sebastiana, sa demeure, le poète attendait l'inspiration, longue-vue en main, regard lancé sur les toits biscornus et sur ce port où tout peut arriver. Au XIXe siècle, Valpo était l'escale incontournable entre les mondes atlantique et pacifique, avant que l'ouverture du canal de Panama ne l'endorme. Marins, négociants et bourlingueurs de tout poil venaient s'y délasser après le long passage du détroit de Magellan. Certains s'arrêtaient pour construire un palais excentrique en cas de bonne fortune.

Je contemple l'océan en espérant voir passer une aventure. Comme elle n'arrive pas, je suis obligé de l'inventer.

Si j'étais né cent ans plus tôt, j'aurais quitté mes Alpes natales, comme d'autres habitants de ces rudes vallées où guettait la famine. J'aurais pris la route et la mer pour fuir la fatalité, pour tenter ma chance dans ce Nouveau Monde où tout est à faire, où tous les destins sont disponibles. J'aurais débarqué à Valparaiso le ventre vide et l'œil étincelant, j'aurais vécu d'expédients, petits trafics sur le port, contrebande de whisky peut-être. J'aurais rencontré la fille d'un riche négociant en vin de la vallée de Casablanca, son père aurait condamné notre amour et nous nous serions enfuis à Santiago chez une vieille tante de Béatriz (mon amoureuse) qui nous aurait prêté quelques pesos pour financer notre escapade vers les frimas de Patagonie. Là, nous aurions pactisé avec les Mapuches contre des colons sans scrupules s'accaparant les terres indigènes, nous aurions établi une école et un dispensaire (Béatriz est infirmière) tout en faisant fructifier notre ferme bio en harmonie avec la nature, et l'histoire s'achèverait mal (je meurs assassiné par des mercenaires sans foi ni loi en sauvant un orphelin) car les méchants gagnent souvent à la fin, mais toute cette énergie n'aurait pas été déployée en vain car Béatriz vivrait centenaire pour prolonger notre œuvre et, des décennies plus tard, elle aurait raconté nos vies palpitantes et justes à Pablo Neruda qui en aurait tiré un roman à succès afin que ma statue trône sur le port de Valparaiso, une ville propice à la rêverie.

# Au cap Horn,
## où l'on n'est pas peu fier

Je vous écris du cap Horn, au carrefour des océans Atlantique et Pacifique, tout en bas des Amériques. Je descends du Zodiac, pose le pied sur la terre ferme, et l'adrénaline de l'accomplissement parcourt mon échine. Après trois jours de navigation, j'arrive sur la pointe la plus méridionale du globe – hors Antarctique.

À nous deux, cap Horn, destination mythique, graal de voyageur.

Le cap se présente sous la forme d'un gros caillou auquel on accède par des marches glissantes installées au flanc de la falaise surplombant le débarcadère. Au sommet, un paysage austère d'herbes et de rocailles. Un phare. Une maison. Une petite chapelle en bois. C'est tout. Un homme habite ici, seul avec sa femme et ses deux enfants. Il s'appelle Manuel Canepa, il mène la rude et drôle de vie des gardiens de phare. C'est un sergent de la marine chilienne, qui vous accueille les bras ouverts, tellement heureux de recevoir, enfin, de la visite. Son uniforme est repassé, sa casquette parfaitement ajustée, Manuel met un point d'honneur à incarner la souveraineté de son pays avec élégance. Il parle rapidement, comme ceux qui n'ont pas souvent l'occasion de parler, raconte un quotidien partagé entre l'entretien des infrastructures malmenées par les éléments, les relevés météo et la lutte contre la solitude.

Le bout du monde est battu par des vents à plumer les phoques. Les bourrasques sont si violentes qu'elles ont détruit la sculpture en acier dédiée aux victimes du lieu. Franchi pour la première fois en 1616, le cap Horn et ses conditions extrêmes ont causé plus de huit cents naufrages et ôté la vie à une dizaine de milliers de marins. Je suis ici, c'est bien la preuve que je suis un baroudeur chevronné, membre du club restreint des cap-horniers. Je vais pouvoir faire le malin dans les dîners. Ah, il va moins faire le fier le type qui se la raconte avec son trek pourri en Himalaya.

Certes, je ne suis pas venu en skippant un voilier en solitaire (mon goût de l'aventure est subordonné à mon instinct de survie), mais à bord d'une croisière d'expédition. Les deux termes peuvent sembler contradictoires. Il ne s'agit ni d'une croisière de type « ville flottante peuplée de quatre mille retraités », ni d'une expédition au sens « survie en autonomie dans un milieu hostile ».

C'est entre les deux. On navigue au chaud dans le confort d'une cabine au lit douillet. Une ou deux fois par jour, on saute dans un Zodiac qui file au milieu des icebergs pour débarquer au pied d'un glacier ou randonner dans les forêts patagones. Le bateau est parti de Punta Arenas, Chili, et il arrivera à Ushuaia, Argentine, après avoir sillonné les méandres de la Terre de Feu.

Tant qu'on évolue dans le détroit de Magellan, les eaux sont calmes. Quand on bascule dans l'océan Pacifique, au niveau des 50$^{e}$ hurlants, ça peut tanguer sérieusement. Plus expédition que croisière. Dans le passage de Drake, qui sépare l'Amérique de l'Antarctique, les pièges sont nombreux : courants circumpolaires, vagues scélérates, possibilité de se manger un iceberg. La cabine devient un peu moins douillette quand elle est secouée. On repense à la carte accrochée dans le couloir, celle qui répertorie les naufrages. On repense au sac en papier gracieusement mis à disposition des passagers, en espérant qu'on aura le temps de l'atteindre.

Ces petits désagréments sont largement compensés par la joie de naviguer à travers l'une des régions les plus sauvages de la planète. Les paysages, immaculés, dévoilent une splendeur à faire chialer Nicolas Hulot. On ne croise personne sur le canal Beagle, ni sur l'« avenue des glaciers » dévalant des montagnes. Si les paysages semblent intacts, ils souffrent comme n'importe qui. Le glacier Marinelli a reculé de dix kilomètres en vingt ans. Les forêts sont endommagées par la prolifération de castors malencontreusement importés. « Une véritable catastrophe écologique », m'empresserai-je de préciser quand je ferai le malin dans les dîners. Le trekkeur de l'Himalaya rongera son frein. Fielleux, il me rappellera que le tourisme contribue à la dégradation de l'environnement.

Il n'a pas tout à fait tort, ce bâtard. Pour faire diversion, j'étale ma science à propos du peuple yagan, parvenu au cap Horn six mille ans avant moi sur des canoës dépourvus de cabines chauffées. Les Yagans vivaient quasiment à poil, préférant s'enduire de graisse de manchot pour survivre au froid plutôt que de se vêtir de fourrures inutiles contre l'humidité. Ce peuple pionnier a été décimé par les maladies importées et par des colons qui les chassaient comme des animaux. Des Yagans ont été exhibés dans des zoos humains en Europe au XIXe siècle. Il ne reste aujourd'hui qu'une seule locutrice de leur langue. Le temps que ce texte vous parvienne, ce sera peut-être une langue disparue.

Qu'est-ce que tu dis de ça, mon petit trekkeur ?

On ne croise plus de Yagans ; on ne croise personne de toute façon. Pas une maison, pas une route, pas une antenne qui altère la fragile pureté de ces canaux. Des phoques viennent jouer autour du bateau. Des colonies de manchots font coucou.

Une baleine souffle à tribord. Sur la proue, on voit défiler la Terre telle qu'elle devait être avant les humains. Le fait de ne pas avoir de connexion Internet depuis plusieurs jours n'est même pas douloureux. Je suis en tête à tête avec la création, pour une conversation chuchotée avec la nature. Alors que les sentiers de l'Himalaya, de nos jours, sont de véritables autoroutes.

## À Ushuaia,
## où l'on arpente le bout d'un continent au bout de la nuit

Je vous écris d'Ushuaia, où je trépigne à bord d'un bateau en attendant que les formalités douanières me permettent de descendre à terre. Il est 1 heure du matin. Mon avion de retour pour la France décolle à 9 heures. La raison commanderait d'aller se coucher sagement mais il est hors de question que je passe dans une ville sans la visiter, a fortiori quand il s'agit de la ville la plus méridionale du monde. Je risquerais de m'en vouloir jusqu'à la fin de mes jours. D'autant que je n'ai jamais mis les pieds en Argentine.

Je patiente donc en sirotant quelques piscos sour à bord quand, soudain, les portes s'ouvrent. À l'assaut ! Allons voir si l'on repère des traces de vie en cette heure tardive sous ces latitudes extrêmes.

Les seuls lieux où l'on trouve de l'animation sont évidemment des débits de boisson. Quelques marins, tendus par plusieurs jours de navigation, s'éparpillent en direction des bordels. Je me dirige vers un pub irlandais, rempli de clients vêtus d'anoraks. Un équipage de marins français de la Volvo Ocean Race fait le deuil du mât de son monocoque, qui vient de lâcher. Ils noient leur abandon dans la bière. Nous trinquons sous le 54^e^ parallèle sud. Ce qui n'est pas si extrême : à titre de comparaison, le 54^e^ parallèle nord passe aux environs de Dublin.

Ushuaia a été fondée en 1884, dans une baie du canal Beagle, une zone de peuplement des Yagans, qui, rappelons-le, s'enduisaient de graisse animale pour se protéger des éléments (la ville se situe sous un climat subpolaire océanique avec des températures moyennes tournant autour de zéro degré). Aujourd'hui, on peut se procurer assez facilement des vêtements chauds. Avec ses agences de voyages et ses magasins de sport, Ushuaia, qui vit essentiellement du tourisme, ressemble à s'y méprendre à une station de ski. (Cette considération est à prendre avec des pincettes car : 1. il fait nuit ; 2. je commence à avoir pas mal d'alcool dans le sang. Mes perceptions altérées me jouent peut-être des tours. Si ça se trouve, Ushuaia ressemble à Bangkok.)

La nuit avance, j'atterris dans un autre bar, quasiment vide, où je lance une discussion sur le sens de la vie avec une touriste néo-zélandaise et un guide allemand. Le guide peut me remercier car la touriste, chauffée par cette conversation exaltante, finira par lui tomber dans les bras. De rien, j'aime créer du bonheur autour de moi.

Dix minutes plus tard, je suis perdu.

Ah non, tout va bien, j'aperçois de la lumière. J'entre dans un établissement qui s'avère être un casino sur plusieurs étages. Je m'égare dans un labyrinthe de machines à sous. Pourquoi ces gens mettent-ils de l'argent dans des fentes sous des néons criards alors que je n'ai pas la moindre idée de la façon de regagner ma cabine ?

Faisons preuve de bon sens. Il faut :

Sortir du casino.

Descendre. C'est en général au point le plus bas d'une ville que se trouve le port (à une altitude moyenne de zéro mètre).

Thalassa, Thalassa ! J'aperçois la mer, je suis sauvé.

Il faut repasser par la douane pour remonter sur le bateau, la difficulté consistant à ne pas trop tituber devant le fonctionnaire.

Il est 5 heures, je me couche. Je me lève une poignée de minutes plus tard avec une horde de gauchos qui cavale sous mon crâne. Je dois affronter la vérité : je vais passer une journée dans des salles d'embarquement et des avions, avec un cerveau en forme de gelée de phoque. La joie, toutefois, m'habite : je peux cocher l'Argentine sur mon planisphère. Certes, je ne l'aurai pas vue de jour. Mais qui peut se vanter d'avoir visité un pays sans dessaouler ?

# À Melbourne, où l'on reste cool

Je vous écris de Melbourne, où je suis déjà venu il y a treize ans. Je ne me souviens pas de grand-chose et je n'avais pas pensé à coucher mes aventures sur le papier à l'époque. Je suis bien obligé de constater, avec une pointe d'inquiétude, que le passé s'estompe car le cerveau humain (le mien, en tout cas) est trop restreint pour le contenir. L'écriture permet de fixer les événements mais peut aussi nous jouer des tours. Quand on me parle de certains chapitres de mes livres, je me heurte parfois à une interrogation vertigineuse : cette scène, je l'ai vécue ou inventée ? Je n'ai pas toujours la réponse et j'en viens à douter de ma propre réalité, ce qui est contrariant car j'ai un texte à écrire sur Melbourne et comment voulez-vous que j'écrive si je n'existe pas ? Bref, qu'ai-je fait en Australie en 2005 ?

J'ai un souvenir de barbecue dans un jardin (chez qui ?), d'une virée à Sidney chez des scientologues (pourquoi ?) et d'une rappeuse qui crachait le feu (où ça ?). C'est peu. En revanche, je me remémore assez bien mon trip sur la Great Ocean Road, la route côtière qui offre des miracles géologiques sculptés par les vagues et le vent venus de l'Antarctique. Après une journée à conduire du mauvais côté, je m'étais arrêté dans le bistrot d'un bled paumé sous les étoiles du Sud. Les piliers du comptoir s'étaient retournés en dévisageant le gars pas du coin. Impression d'arriver dans un saloon du Far West. Juke-box, trophées au mur, trognes tout droit sorties du film *Délivrance*. Ce qui hante ma mémoire, aujourd'hui encore, c'est cette partie de billard avec un homme à casquette et rouflaquettes, un gros tas huileux à la fois avenant et légèrement menaçant, qui m'avait expliqué sa recette du kangourou au whisky. Chasseur, il m'avait détaillé avec délectation sa vision de l'art cynégétique :

– Si ça bouge, tu tires.

Quelques bières plus tard, il me racontait qu'il baisait ses vaches. Je lui ai fait répéter trois fois pour être sûr d'avoir bien compris. Oui, il était éleveur et il avait des rapports sexuels avec ses bovins. À ce stade, je pensais qu'il se payait ma tête, qu'il racontait n'importe quoi pour faire marcher le touriste. Mais non. Il était sérieux. Animé, comme toujours, par le désir de comprendre ce qui meuh les hommes, j'ai posé la question d'une voix tremblante :

– Mais enfin, pourquoi tu fais ça ?

La réponse a jailli, limpide, terrifiante et sans appel :

– Pourquoi pas ?

Je crois que chaque interaction est riche d'un enseignement, qui parfois se dévoile des années plus tard à la lumière du vécu. Sur ce coup-là, j'attends toujours. C'était il y a treize ans.

Nous sommes en 2018, le monde a changé. J'arrive à Melbourne et un attentat vient d'avoir lieu. Un djihadiste a poignardé des passants dans la rue, ôtant la vie à un homme de soixante-quatorze ans. Le plus improbable dans cette histoire, outre le fait que des gens en tuent d'autres au hasard, c'est que l'unique victime de ce crime aveugle dans une ville de quatre millions et demi d'habitants est un monsieur que je devais interviewer. Repose en paix, Sisto Malaspina, petit immigrant italien devenu patron du Pellegrini's, mythique café de Bourke Street. Notre rencontre n'aura pas lieu, parce que les hommes sont fous.

Je suis arrivé en ville quelques jours après l'attaque et la vie continuait comme si de rien n'était. L'événement ne hantait pas les conversations. La relaxitude australienne, héritée du flegme britannique, avait repris le dessus. Melbourne est connue pour être la ville la plus cool du monde. Chaque année ou presque, le classement de *The Economist* la place en tête pour la qualité de vie. Suffisamment grande pour y être anonyme, pas assez gigantesque pour être inhumaine. On s'accommode facilement de son énergie paisible et de son insouciance juvénile. Il y règne un melting-pot que le terrorisme ne parvient pas à écorner sérieusement. J'ai rencontré une rockeuse rigolote (origine grecque), un barista tatoué (origine sri-lankaise), des frères restaurateurs (origine libanaise), des chauffeurs Uber (origine éthiopienne) : tout le monde est fier de venir d'ailleurs et de vivre ici. Tous enfants d'immigrés, à part les Aborigènes, qui sont là depuis six cent cinquante siècles et se sont fait dépouiller de leur terre par une poignée de bagnards anglais et de chercheurs d'or dont les descendants s'excusent aujourd'hui pour les horreurs du passé – résumé, certes un peu réducteur, de l'histoire australienne.

Mitch Tambo est arrivé en costard avec son allure de gravure de mode. C'est un beau gosse multitâche, comédien, mannequin, présentateur de télévision et musicien. Contrairement à ce que sa peau claire suggère, il appartient à la nation aborigène gamilaraay. Mitch a grandi dans le bush, il est fier d'être issu à la fois d'une culture vieille de soixante-cinq mille ans et d'un pays qui n'a que deux cents ans d'existence. Quand il évoque les fléaux sociaux qui ravagent une bonne partie de sa communauté, il refuse de s'enfermer dans le misérabilisme. Il a foi en l'avenir.

Après l'interview, le photographe (origine slovène) l'a shooté sous toutes ses coutures de citadin du XXIe siècle. Puis Mitch Tambo a muté. Il s'est déshabillé, a recouvert son corps de peintures rituelles et de vêtements en peau de kangourou, manipulant son boomerang et son didgeridoo avec les yachts de la marina et les gratte-ciel de Melbourne en arrière-plan. Le Slovène se régalait avec ce si bon client aborigène et la séance photo a traîné en longueur. En retard, Mitch n'a pas eu le temps de se rhabiller en XXIe siècle. Il s'est installé au volant de sa Toyota et s'est engouffré dans le trafic avec sa face de guerrier peinturluré comme il y a soixante-cinq mille ans, à cheval sur deux mondes, dans un printemps de novembre.

J'ai loué une voiture et j'ai roulé hors de la ville, toujours du mauvais côté, en chantant à tue-tête des vieilles chansons de Renaud sous l'œil consterné de mon Slovène fan de Nick Cave. Nous avons traversé des périphéries et des villages côtiers pour nous engager sur la Great Ocean Road dont les miracles géologiques ne s'étaient pas trop effrités. Nous avons bifurqué sur des chemins de terre et sillonné des forêts brumeuses peuplées d'arbres étranges dont les branches semblaient nous chuchoter l'arrivée d'un nouveau monde.

Nous sommes arrivés chez Lizzie Corke (origine anglaise) et son mari Shayne, un couple de scientifiques qui a bâti un centre de conservation entre les bois et l'océan pour préserver la merveilleuse mais fragile biodiversité de ce territoire. Une soixantaine de kangourous se prélassaient dans le backyard, sauvages mais pas farouches, nous laissant les approcher à quelques mètres. « Ils ont confiance, ils savent qu'ils ne craignent rien », nous a expliqué Lizzie. J'ai contemplé des koalas perchés (« un animal pas très intelligent »), j'ai failli marcher sur le dix-septième serpent le plus dangereux du monde et j'ai nourri des animaux dont j'ignorais l'existence, comme le phalanger volant (*Petaurus breviceps*) ou le chat marsupial à queue tachetée (*Dasyurus maculatus*), qui n'est pas du tout un chat mais un marsupial cousin du diable de Tasmanie.

Lizzie est timide et rayonnante quand elle parle de cette arche de Noé qui est l'œuvre de sa vie. Shayne finit de réparer le tracteur avant d'aller aider la veuve de la ferme voisine à traire ses bêtes. C'est Caroline et Charles Ingalls, *La Petite Maison dans la prairie australienne*. Lizzie et Shayne savent pourquoi ils se lèvent le matin. Ils mènent des vies laborieuses, simples et harmonieuses, œuvrant sans la ramener à un dessein plus grand qu'eux. Leur existence coule de source. J'ai fréquenté ces personnes pendant vingt-quatre heures et je suis reparti plein de confiance en l'humanité, stimulé par ceux qui *agissent*, moi qui ne fais que *raconter*.

Bien décidé à fêter la présence sur terre de ces individus antalgiques (et à noyer ma propre inutilité), je me suis arrêté au bord de la route, dans le premier bar venu. J'ai poussé les portes et j'ai été aspiré treize ans en arrière. Le comptoir, le billard, le juke-box. J'étais revenu au saloon sans faire exprès, par hasard, s'il existe. Nous sommes en 2018 et l'établissement n'a pas changé. Il manque juste mon camarade zoophile. J'aimerais bien prendre de ses nouvelles mais je ne connais plus son prénom et l'enquête s'avère difficile. Je me vois mal demander au barman : « Dis-moi, mon brave, sais-tu où je peux trouver la trace de mon vieux pote, un gros tas avec des rouflaquettes qui encule des vaches ? » Il m'aurait peut-être répondu : « Ah, tu veux parler de Bobby ? Il va passer tout à l'heure, il a un truc à finir à l'étable. »

Mais je n'ai rien demandé, si ce n'est une bière.

J'ai bu mon verre en méditant sur les méandres du destin et les mystères de la condition humaine. Qu'est-ce qui pousse des représentants de notre espèce à en sauver d'autres, à trucider des quidams, à tringler des ruminants ou à rester cool ?

Je suis rentré chez moi sans réponse. L'année suivante, l'Australie prenait feu.

# En Indonésie, où l'on survit à des créatures terrifiantes

Trois jours. Il nous a fallu trois jours et trois nuits pour parvenir à destination. Paris – Doha – Singapour – Bintan – Matak – Terempah – et enfin l'île, l'île déserte dont j'ai promis de taire le nom. Voilà ce qui est nécessaire pour s'éloigner de l'humanité. Trois avions, un ferry, un speed boat, une poignée de taxis, quatre passages de frontières, où l'on a dû affronter des douaniers curieux de savoir pourquoi nous étions bardés d'une centaine de kilos de matériel audiovisuel.

– *It's for a shooting*, expliquai-je en affichant mon sourire le plus rassurant.

Je me suis rendu compte que je venais de dire « C'est pour une fusillade » à un policier dans l'aéroport d'un État autoritaire, et ce, avec un sourire rassurant me faisant passer pour un psychopathe. Heureusement, cet agent n'était pas tout à fait demeuré et il a compris que *shooting* s'entendait ici au sens de « tournage » (aux États-Unis on m'aurait probablement plaqué au sol, menotté alors que j'aurais hurlé « *It's a misunderstanding* », on m'aurait soumis à la question, vêtu d'un uniforme orange et enfermé dans un pénitencier où je me serais fait plein de copains dans les douches mais je m'égare, revenons en Indonésie).

Bardé d'une centaine de kilos de matériel, d'un caméraman et d'une ingénieure du son, j'accompagne une petite dizaine de Français participant à un stage de survie. Ils vont accoster sur l'île-dont-j'ai-promis-de-taire-le-nom, sans eau et sans nourriture pour jouer aux naufragés volontaires pendant une semaine afin d'aiguiser leurs compétences en milieu hostile. Je suis ici pour les besoins d'un documentaire que je réalise sur les gens qui se préparent à l'effondrement de nos sociétés. Ceux qui envisagent le jour où le supermarché ne sera plus approvisionné suite à une catastrophe climatique, une pandémie, une guerre civile ou un holocauste nucléaire (faites votre choix).

Nous sommes dans l'archipel des Anambas, pas loin de l'équateur, sur une des dix-sept mille îles que compte l'Indonésie. Le petit bateau nous dépose, s'en va, et nous voilà postés sur un îlot de deux kilomètres de longueur, une mince bande de sable et de rochers encerclant une végétation d'une densité non perturbée par l'homme. Aucun supermarché en vue. Nous sommes abandonnés sur le rivage d'un paradis sauvage.

Seuls au monde.

Oh, on ne craint pas grand-chose. Éléonore, la cheffe d'expédition, connaît le terrain. Elle est déjà venue quelques mois auparavant. Ancienne infirmière devenue instructrice de survie, c'est une aventurière expérimentée, une femelle alpha blonde aux yeux assortis à la couleur du lagon. Nous disposons d'une trousse de secours, d'un téléphone satellite et de machettes. En cas de problème, on peut être à l'hôpital six heures plus tard. Et je suis venu avec Yolande, ingénieure du son tout-terrain, habituée des tournages embourbés – elle a notamment bivouaqué trois mois dans la jungle ougandaise avec des enfants soldats. Yolande a quarante-six ans, elle est gaulée comme une gymnaste olympique de seize. Elle mesure un mètre soixante et c'est une force tranquille – il est évident qu'elle peut plier n'importe quel bonhomme au bras de fer. Avec elles, je suis en sécurité.

Il faut juste faire un peu attention aux varans, qui sont les maîtres de l'île. Pas de panique, il ne s'agit pas du fameux et féroce dragon de Komodo (*Varanus komodoensis*). Simplement le modèle en dessous, une espèce de varan malais, *Varanus salvator macromaculatus,* pouvant tout de même atteindre trois mètres et soixante kilos.

Normalement, il n'attaque pas l'humain, m'a expliqué Éléonore.

– On ne craint rien alors ?

– Si tu es debout, ils s'écarteront. Mais ils sont opportunistes, si tu es allongé, ils seront tentés de te croquer.

– On dort comment alors ?

– On installe les hamacs en hauteur.

– Ils ne savent pas grimper aux arbres ?

– Si, très bien.

En théorie, on ne craint rien. En pratique, lors du dernier stage, un varan a attaqué un participant en sautant sur son hamac. Le gars n'en a pas gardé un très bon souvenir.

Outre les varans, il faut se méfier du tricot rayé, un serpent marin dont la morsure est quarante fois plus venimeuse que celle du crotale. Inutile de tenter l'évacuation sanitaire ou l'injection d'adrénaline, c'est mortel à tous les coups. Mais ils sont timides, paraît-il. Il y a aussi quelques requins plus ou moins gros et des araignées plus ou moins sympathiques. Sans oublier, pendus aux arbres, les renards volants. Je suis bien conscient que le fait d'accoler les mots « renard » et « volant » évoque immanquablement les vaches catapultées des Monty Python ; il n'en est rien. C'est ainsi que sont surnommées les *Pteropus giganteus*, les plus grandes chauves-souris du monde, dont l'envergure peut dépasser le mètre. Aucun danger.

Le danger, ce sont les trente-cinq degrés permanents, la morsure du soleil équatorial et le taux d'humidité insensé qui écrasent les organismes en l'absence de distributeur de boissons fraîches. En survie, les premières heures sont cruciales. Il faut utiliser son énergie à bon escient. Hiérarchiser les priorités. Construire un abri ? Trouver de l'eau ? Faire du feu ? Oublions la nourriture pour l'instant, l'urgence n'est pas là. L'équipe choisit d'installer le camp en premier, pour se mettre en sécurité avant la nuit. On trouve un semblant de clairière, on choisit des troncs d'arbres adéquats pour fixer les hamacs. Tant bien que mal, j'installe ma couche – à trois mètres de hauteur, pas si facile, d'autant qu'il ne s'agit pas d'un hamac de jardin mais de matériel de pointe spécial jungle à trente-deux points de fixation. Ça a l'air de tenir. Le problème, c'est que je n'ai aucune confiance en la solidité de mon travail. J'ai beau être un baroudeur aguerri, faire un nœud correct me demande de concentrer toutes mes capacités cérébrales afin d'obtenir un résultat oscillant entre le à peine correct et le franchement raté. J'ai très bien pu inverser deux suspentes, ce qui aura pour effet de me faire chuter tôt ou tard.

J'ai d'autres varans à fouetter pour le moment, un film à tourner en l'occurrence. Je questionne les Robinsons tout en gardant un œil sur l'état général de Cyrille, le caméraman, qui est en train de comprendre dans quelle galère il vient de se fourrer. Son crâne rasé est déjà pivoine, il a perdu trois kilos de sueur depuis notre arrivée il y a une heure et il bougonne en réglant sa caméra à quinze mille euros mise à mal par l'humidité. Yolande, elle, brandit sa perche avec la sérénité du Bouddha. Imperturbable et souriante, rien ne vient troubler son gainage de statue grecque.

Une précision nécessaire ici : l'équipe de tournage ne joue pas le jeu de la survie. Cyrille et Yolande ont emporté des boîtes de conserve et quelques barres de céréales. C'est normal, ils ont du matériel à porter, ils bossent dur et ils n'ont pas le droit de se rater. Il faut qu'ils s'alimentent. De mon côté, je ne porte qu'un carnet et j'ai choisi de vivre l'aventure au plus près des participants. Je mange comme eux, c'est-à-dire rien, je contribue aux tâches. Je triche uniquement sur l'eau, j'ai emporté quelques litres afin de ne pas mourir avant d'avoir terminé le film – les producteurs m'en voudraient.

Le camp installé, les stagiaires partent en quête de flotte. On connaît l'importance des contenants en contexte de survie. Une gamelle est aussi vitale qu'un briquet. Ici, hélas, le problème ne se pose pas. La plage où nous avons débarqué est jonchée de plastiques, bouteilles, bidons, tongs et autres déchets hospitaliers. Sur une île non habitée, à trois heures de navigation du premier village. Nous récupérons quelques bouteilles et nous dirigeons vers une falaise à l'autre bout de la plage. Consigne d'Éléonore : on ne se déplace jamais seul et on part toujours équipé d'un bâton en cas de mauvaise rencontre. Avec le varan, pas de danger le jour. Il faut rester attentif la nuit, à l'heure de la chasse. Si on les croise, il est recommandé de faire du bruit pour les effaroucher. Chanter, ça marche bien.

Arrivés à la falaise, pas d'eau. La dernière fois, un petit filet suintait sur les rochers. Une sécheresse récente, incongrue et inédite en cette saison, a eu raison de la petite source. Les Robinsons se coucheront la gorge sèche et ils l'ont bien cherché.

Ils sont venus ici de leur plein gré pour s'offrir un frisson, se reconnecter au primitif, vivre une expérience hors du commun, se défier eux-mêmes. Ils ne craignent pas vraiment la fin du monde, ce sont des gens normaux qui « viennent découvrir la sensation de soif et de faim », comme l'analyse Éléonore. C'est le luxe de ceux qui n'ont jamais manqué de nourriture. Dans une semaine, ils seront de retour au bureau, à Brest ou à Draguignan.

Arthur, lui, est charpentier. Il arbore une énorme tête de cerf tatouée sur le torse. Quand la troupe progresse à la machette à travers la jungle, il avance comme un forcené, coupe les branches comme si elles avaient insulté sa mère. Le soir, il s'acharne à faire du feu au firesteel (en frottant deux bouts de métal) alors qu'il a un briquet dans la poche. Il joue le jeu à fond. Arthur est survivaliste. Il construit un bunker dans son chalet alpin, une base de repli « en cas de pépin ». Il a un sac d'évacuation toujours prêt dans sa voiture. Arthur n'a pas peur des varans. Il pense que les varans devraient avoir peur de lui.

La nuit tombe, c'est l'heure de grimper pour échapper aux prédateurs. C'est alors que je prends conscience qu'il n'est pas si simple de se hisser dans un hamac à trois mètres du sol. Un camarade me fait la courte échelle. Je prends une bonne impulsion, agrippe le hamac, pose une fesse dessus et bascule de l'autre côté dans une cabriole qui s'achève le cul par terre, trois mètres plus bas. J'ai poussé trop fort. C'est mon éternel problème : je ne contrôle pas ma puissance. Curieusement, je ne ressens aucune douleur alors que j'aurais très bien pu y laisser quelques vertèbres. Je suis un chat, je l'ai toujours su. À la deuxième tentative, je parviens à m'allonger dans mon hamac sans accident. Je suis alors saisi par deux angoisses distinctes. La peur de tomber (je suis un chat échaudé) et celle de me faire assaillir par une horde de varans. Car dès que les humains éteignent leurs frontales, on les entend, les sauriens qui farfouillent autour du camp. Mettons-nous à leur place. Ils sont peinards sur leur île depuis des millions d'années, personne pour troubler leur suprématie. Soudain débarque un groupuscule d'*Homo sapiens* blancs de peau en mal d'aventures. Sur leur terrain de chasse habituel, les reptiles observent, accrochés aux arbres, une dizaine de paquets généreusement offerts et flairant bon la protéine. Le varan ressent alors cette émotion qui m'étreint quand j'entre dans un bar à tapas en Espagne avec des jambons crus suspendus au plafond. Il salive, c'est bien naturel. Or, sa salive est pleine de bactéries. Car le varan, non content d'être rapide, puissant et agile, se montre fourbe. Il ne déchiquette pas sa proie lors de l'attaque. Non, il la mordille un coup, lâchement, par-derrière. Puis il laisse le venin agir en regardant le gibier vaciller sous la septicémie. Une dizaine d'heures plus tard, quand la bête s'effondre, trop faible pour s'enfuir, ce vieux fils de pute de varan vient la bouffer vivante. Voilà le genre d'individu qu'est le *Varanus salvator macromaculatus*, un salopard qui nous renvoie aux heures les plus sombres de notre histoire, voire pire, car, à ma connaissance, les nazis ne mangeaient pas leurs victimes – mais il semblerait que je m'égare à nouveau.

Je me remémorai ces informations dans mon hamac, sans trop oser bouger de peur de basculer (et de me briser la colonne vertébrale, ce qui me transformerait immédiatement en proie immobilisée, gémissante et offerte aux reptiles nazis). Se concentrer sur le positif. Jouir de l'instant. Écouter la rumeur sublime de la jungle baignée par la pleine lune. Des singes se chamaillent, des rongeurs fricotent, des insectes vibrionnent dans le concerto tropical.

Une frontale s'allume.

Un varan, costaud, s'est faufilé sous le hamac de ma voisine. L'imprudente a suspendu sa couchette à moins de deux mètres du sol, elle n'est pas rassurée. Bon, souvenons-nous du protocole : pour faire fuir les varans, il faut chanter. Le premier morceau qui me vient.

*ELLE ÉTAIT MAQUILLÉE COMME UNE STAR DE CINÉ ACCOUDÉE AU JUKE-BOX NANANANANA...*

Le varan, tétanisé, se carapate. Pourtant, j'y suis allé mollo, j'aurais très bien pu dégainer du Florent Pagny mais j'avais peur que la charge, trop violente, ne dérègle l'ensemble de l'écosystème de l'île. Note pour la science : il semblerait que le *Varanus salvator macromaculatus* tolère très mal les mélodies d'Eddy Mitchell.

Les sauriens sont revenus plusieurs fois à la charge au cours de la nuit. Pour qu'ils ne s'accoutument pas, j'ai dû varier les plaisirs – *Pas de boogie-woogie, Sur la route de Memphis* – et ils n'ont pas demandé leur reste.

J'ai peu dormi, perturbé par la pleine lune, les ronflements de Cyrille et l'orage ruisselant sur mon crâne. Exalté par ma chance d'être ici et maintenant, j'ai été traversé par un flux de méditations existentielles s'achevant immanquablement par cette question : « Pourquoi suis-je en train de réviser le répertoire d'Eddy Mitchell alors que je suis censé tourner un film à propos de l'apocalypse environnementale sur une île perdue aux confins de la mer de Chine méridionale ? »

Aux premières lueurs de l'aube, j'ai voulu préparer le café noir. Nous en étions dépourvus. J'étais le premier réveillé et il fallait, avant toute chose, que je descende de ce satané hamac. J'ai sauté, je ne me suis pas fait d'entorse (première victoire de la journée) et je suis allé saluer la création lézardée par le soleil naissant, seul sur le sable, les yeux dans l'eau. J'ai attrapé une noix de coco, je l'ai découpée à la machette (cinq bonnes minutes pour l'ouvrir sans me blesser, deuxième victoire de la journée) et j'ai porté le lait à mes camarades assoiffés dans leur hamac. Le petit déj au lit, une attention appréciée. À la lecture de ces lignes, vous pourriez croire que je suis un type sympa. Je ne dis pas que vous auriez tout à fait tort mais il est évident qu'en étant serviable je cherche à me rendre utile, à participer à l'effort de guerre, à mériter ma place dans ce groupe qui, le cas échéant, m'aidera à me nourrir, à me protéger des bêtes féroces, à monter dans mon hamac. À survivre. C'est pour ça que vous tenez la porte à votre voisin dans l'ascenseur, pour qu'il vous prête du sel au débotté et vous accueille en cas d'incendie. C'est le contrat social de la politesse. Voilà la leçon que je retiens de quelques mois à fréquenter les angoissés de l'effondrement. Du survivaliste armé à rangers au collapsologue permaculteur à sandales, tous savent qu'être seul, ce n'est pas une bonne option pour la fin du monde. C'est la communauté – celle qu'on se choisit – et l'entraide qui assurent la pérennité de votre existence « en cas de pépin ». Vous reprendrez bien un peu de lait de coco ?

La bonne nouvelle, c'est la pluie nocturne. L'eau est récoltée dans les bâches prévues à cet effet. On peut désormais se préoccuper des estomacs, qui commencent à gargouiller copieusement. Nous filmons la fabrication des lignes de pêche et des harpons. Je pose des questions sur les ressorts psychologiques de la survie, la dynamique de groupe, le clivage solidarité versus compétition. Mes Robinsons répondent du bout des lèvres. Le premier jour, ça les amusait de passer à la télé. Maintenant, ils ont faim.

« Entre la civilisation et la barbarie, il y a cinq repas », aurait dit Churchill. Au soir de la deuxième journée, j'en suis à quatre. Nous avons à peine avalé quelques éclats de noix de coco. Cet enfoiré de Cyrille, lui, s'est gavé de salade mexicaine Saupiquet à deux pas des Robinsons affamés. J'écoute la réponse de mon corps après quarante heures de disette tenaillé par la fournaise. Ce n'est pas une souffrance, plutôt une lenteur en toute chose. Le souffle court après avoir grimpé une petite butte. Le cerveau mou pour prendre la moindre décision. Ce n'est rien comparé à la torture de la soif – mes réserves d'eau potable sont taries. Mes camarades sirotent la pluie récoltée et filtrée, salvatrice mais également pourvoyeuse de troubles gastriques. Le bilan alimentaire de la journée n'est pas faramineux. Nous partageons quelques menus poissons – aux entrailles riches en plastique – embrochés au-dessus du feu. J'ai contribué à l'assiette commune en attrapant un crabe qui a fini dans un bouillon. La coopération fonctionne malgré la fatigue, le groupe vit bien, sans tension. Ce que nous expérimentons n'est toutefois qu'une simulation de survie. Que se passerait-il si nous étions vraiment naufragés ?

Au petit matin, une barque à moteur fend le lagon couleur menthe à l'eau. Elle vient nous exfiltrer, au grand soulagement de Cyrille qui rêve d'un bon lit moelleux. Nous saluons nos compagnons qui vont rester quelques jours de plus sur l'île. Ils ne sont pas tous très en forme. Certains abandonneront, vaincus par la chaleur et les amibes. Je m'en sors pas trop mal sur le plan sanitaire : juste un testicule brûlé par une miniméduse et les jambes lacérées de piqûres d'insectes. Ce ne sont pas les grosses bêtes les plus pénibles et chanter *La Dernière Séance* ne fait pas fuir les puces de sable.

Les survivors s'éloignent à l'horizon, le vent chaud fouette nos visages cramoisis. Trois heures plus tard, nous débarquons sur le ponton de fortune d'un village sur pilotis, le genre de village tapi au fond de la planète, où les petits enfants s'enfuient mi-effrayés, mi-amusés en voyant des Européens pour la première fois. Je supplie la première personne venue :

– De l'eau fraîche. S'il vous plaît.

Le retour vers la civilisation a commencé. Se laver avec une bassine, à l'arrière d'une épicerie. Monter dans une voiture. Manger une mandarine, la meilleure de tous les temps. Relever ses messages. Changer de l'argent dans une quincaillerie chinoise. S'alimenter dans un restaurant avec pisciculture intégrée et fresque monumentale de *La Reine des neiges* au mur. Un avion. Un taxi. Une douane. Un bateau. Une douane. Un taxi. Un hôtel (avec des punaises de lit) dans une cité-État lumineuse et rigide, phare oriental de la globalisation sévère. Faille spatio-temporelle. Ce matin, j'avais soif. Ce soir, je bois des cocktails apportés par des serveuses sexy dans le bar franchisé d'un quartier festif et télésurveillé de Singapour, avec de la mauvaise musique et de jeunes banquiers ivres sur les trottoirs. Cette densité d'êtres humains, ce boucan me semblent proprement inconcevables.

Ce matin, j'ai vu le plastique sur les plages inhabitées. Dans mon avion saturant l'air de son carbone, j'ai vu les plateformes d'extraction d'hydrocarbures pompant les fonds sous-marins. En altitude, j'ai vu les saignées de la déforestation et les embouteillages de cargos dans le détroit de Malacca. Ce soir, j'atterris dans une ville emblématique de cette vaine surconsommation qui intoxique nos cieux, nos terres, nos océans. Ce voyage est un saut à l'élastique. On est juché sur notre modernité, on plonge et on s'enfonce progressivement vers des zones moins ravitaillées, pour se poser sur un de ces territoires trop rudes pour que les humains se soient donné la peine de les conquérir. Là, il n'y a rien. Là, on mesure la valeur d'un verre d'eau et la fragilité de l'individu isolé. La corde se tend et l'élastique remonte vers le civilisé, la climatisation, les galeries marchandes et les algorithmes. En chemin, on constate la dévastation de la planète, qui n'est plus seulement une information abstraite mais le spectacle désolant offert par l'altitude.

# À Singapour, où il est interdit de s'enculer

Je vous écris de Singapour, où Joseph Conrad est une star qui a droit à une plaque commémorativo-touristique à l'entrée de la marina. L'auteur de *Lord Jim* a traîné ses guêtres d'aventurier dans les parages, contribuant par ses récits à la renommée de la ville – et à l'exploration de la condition humaine. Singapour est l'un des plus grands ports du monde et arbore une forêt de gratte-ciel du haut desquels on observe les centaines de cargos croisant de concert dans un détroit de Malacca embouteillé comme la porte des Lilas en période de travaux.

L'emblème de la ville se nomme Marina Bay Sands. Un hôtel façon Las Vegas, une ville en soi, qui emploie neuf mille personnes. Je visite une des suites de trois cents mètres carrés en compagnie d'une gentille attachée de presse. Dès l'entrée, un piano. Puis un sauna, une salle de fitness avec bancs de musculation et vélo d'appartement, une pièce karaoké, un coin coiffure, un salon de massage et des dressings plus grands que mon appartement. Cerise sur le gâteau, la suite dispose d'une porte dérobée pour accueillir les employés et « *partners* ». Le luxe se niche dans ces petits détails qui font la différence et justifient la nuitée à sept mille dollars.

Le véritable intérêt de l'établissement réside dans sa folie architecturale. L'hôtel est composé de trois tours distinctes et reliées en leur sommet par une piscine à débordement longue comme plusieurs terrains de foot. Un mojito à la main et les pieds dans l'eau, on flotte dans le ciel. On contemple la ville en maillot de bain, et par temps clair on pourrait voir la Malaisie adjacente. Hélas, la vue est bouchée par la fumée des feux de forêt dont parlent tous les chauffeurs de taxi saoulés par les manières écologiquement irresponsables de leurs ploucs de voisins. Un tel manque de savoir-vivre agace prodigieusement les habitants de la cité-État, fière de sa modernité rutilante.

Singapour, c'est l'histoire d'un duty-free humide, sept cents kilomètres carrés voués au commerce, un miracle économique fulgurant et une réputation d'autoritarisme confirmée par toute une série de réglementations grotesques comme l'interdiction d'importer du chewing-gum, de nourrir les pigeons ou de s'enculer. Prospère, stable et quadrilingue, Singapour est surnommée la « Suisse de l'Asie ». L'écrivain William Gibson sonne plus juste en la décrivant comme un « Disneyland avec la peine de mort ». Pourtant, on ne voit pas la police. Les forces de l'ordre sont bien présentes mais en civil. Contrôle par le vide et incitation à l'autocensure. Ça marche. Singapour est l'un des pays les plus sûrs de la planète. C'est certainement formidable, mais ça manque un peu de saleté et les possibilités d'aventures s'en trouvent réduites. Je ne sais pas ce qu'en aurait pensé Joseph Conrad. Ce que je peux vous dire, c'est que j'ai visité un temple abritant une dent de Bouddha.

## Sur une île chinoise, où l'on rencontre la plus belle femme du monde

– Un paradis de plus, a soupiré Patrice en voyant le panneau « Welcome to Paradise ». J'ai compté, je crois que c'est mon seizième.

Patrice est photographe et passe sa vie à shooter dans des endroits de rêve. Je l'avais rencontré quinze heures plus tôt à Roissy, il avait parlé pendant tout le vol avec cet entrain qui caractérise les grands instables. Il était quadragénaire, marrant, hirsute, ce serait un bon équipier pour ce reportage qui nous emmenait en Chine. Nous avons débarqué à Sanya, sur l'île tropicale de Hainan, à quelques encablures du Vietnam. Hainan se trouve à la même latitude que Hawaï. C'est l'été permanent et il y a des plages ; les autorités de la République populaire avaient décidé d'en faire une zone économique spéciale dédiée au tourisme, où les nouvelles classes moyennes chinoises se devaient d'aller lézarder aux côtés de quelques Russes en goguette.

Quand Sanya a été décrétée paradis officiel, un apparatchik du parti a dû se gratter la tête. Qu'est-ce qu'il nous manque pour en faire un bon paradis ? On a déjà les palmiers, le soleil et la mer, les hôtels de luxe sont construits. Oui, c'est ça, il faudrait ajouter des meufs.

L'île s'était ainsi entichée du concours de Miss Monde, qu'elle avait accueilli plusieurs fois. C'était devenu une sorte de spécialité locale. Nous étions là avec Pat pour couvrir la finale mondiale d'un concours de mannequins organisé par une très célèbre agence, pourvoyeuse de beauté depuis un demi siècle.

Si l'on m'avait demandé mon avis, je serais plutôt parti en reportage au Congo ou au Bhoutan, mais bon, j'étais payé pour regarder défiler des jouvencelles en maillot de bain, je n'étais pas le plus à plaindre. Ça me permettrait peut-être de comprendre la fascination qu'exerçaient les jeunes filles sur la plupart des mâles de l'espèce humaine. Penchant qui restait assez mystérieux à mes yeux, car j'avais plutôt une inclination pour les femmes mûres – derrière chaque ride, il y a une histoire.

– HI JULIEN !

Je venais à peine de poser un pied à la réception du Marriott qu'une harpie fonçait bruyamment sur moi en agitant les bras, toutes dents dehors. Elle s'approchait très vite et comme j'étais déphasé par le jet lag, un réflexe reptilien m'a incité à saisir le trépied de Patrice pour la frapper au visage avant qu'elle ne pénètre dans mon espace vital. J'ai bien fait de m'abstenir, il s'agissait de l'attachée de presse de l'événement, venue nous accueillir. Pendant qu'elle nous briefait tout en nous distribuant nos badges tout en nous attribuant nos chambres tout en commentant la météo (« A-MAZING ! »), un brouhaha juvénile a attiré notre attention. Une horde d'adolescentes court-vêtues traversait le hall, alors que le monde s'arrêtait autour d'elles.

– Tiens, voilà les filles, s'exclama l'attachée de presse (grâce à mon flair de reporter, j'avais déjà intégré cette information).

L'ambiance évoquait plus une colonie de vacances qu'une fashion week. Patrice, toutefois, laissa échapper un petit filet de bave admiratif.

– Quels sont vos critères de sélection ? demandai-je pour détourner l'attention et impressionner l'attachée de presse par ma réactivité professionnelle.

– On a repéré quatre-vingts filles dans une soixantaine de pays. Il faut respecter les basiques : un mètre soixante-quatorze minimum, avec des proportions parfaites.

J'ai noté « proportions parfaites » dans mon carnet, sans oser demander ce que ça signifiait concrètement, de crainte de passer pour un amateur.

– Vous savez, on cherche avant tout des filles saines, bien dans leur tête, qui se nourrissent correctement. On a une politique zéro tolérance sur le comportement.

Par cette tirade, elle désamorçait les éventuelles questions sur les scandales qui avaient écorné l'image du milieu les années précédentes – des histoires de cocaïne, d'anorexie et de vieux porcs autobronzés sodomisant des mineures.

La plus âgée des filles aux proportions parfaites avait vingt-deux ans (une mamie), la plus jeune quatorze. De longues tiges avec des fesses minuscules et une absence de poitrine tout à fait remarquable. On constatait çà et là des résidus d'acné, et même, ça alors, des appareils dentaires.

– Dites donc, vos petites, là, il y en a qui ont la gueule pleine de boutons, fit remarquer Patrice qui, j'étais en train de le comprendre, était dépourvu de surmoi.

– Oh, vous savez, la première fois que j'ai vu Eva Herzigova sans maquillage, elle ressemblait à un petit cochon, répondit l'attachée de presse sans se démonter.

– On pourrait dire que ce sont des bombes à retardement, tentai-je dans un trait d'esprit que personne ne releva.

Une poignée d'heures plus tard, au cocktail de bienvenue, d'étranges créatures apprêtées surgirent par dizaines. Les gamines avaient muté. Elles étaient sans doute photoshopées. Leurs visages d'enfants pomponnées toisaient les hommes depuis leur mètre quatre-vingt-dix en talons. Déjà princesses, pas encore femmes. L'effet de groupe était impressionnant, nous nous trouvions plongés dans un univers parallèle, quelque part entre le jardin d'Éden et *L'Île de la tentation*. Patrice se précipita sur la première Suédoise venue pour disserter sur son art photographique, réflexe pavlovien de séduction qui ne suscita qu'un hochement de tête ennuyé.

Nous allions barboter dans cet océan de glamour pendant trois jours en attendant la finale. Les apprenties mannequins, encadrées par une armée de chaperonnes, de stylistes et de maquilleuses, vivaient en circuit fermé, occupant leur temps à optimiser leur relooking et à perfectionner leurs attitudes. Dans les soirées, au studio photo ou à la piscine, il était très difficile de ne pas croiser une Cara Delevingne en puissance qui vous gratifiait d'un petit signe de la main, voire d'un « hello you ».

Quand « les filles » sortaient de l'hôtel pour un shooting à la plage, leurs bus étaient escortés par des voitures de police. Des masses de touristes chinois (tous accoutrés de manière identique : chemise à fleurs + short assorti + Crocs) s'attroupaient ébahies autour du spectacle des modèles (toutes accoutrées de manière identique : T-shirt siglé rouge + minishort noir) parquées derrière des barrières de sécurité.

Je profitais de ces excursions pour découvrir la ville de Sanya, qui abrite la quatrième plus grande statue du monde, tout de même. C'est une station balnéaire planifiée avec des écrans géants flambant neufs, un pont illuminé par Coca-Cola et des artères commerçantes dont le McDonald's est le centre névralgique. Comme souvent dans la Chine nouvelle, on avait l'impression que tout avait été construit la semaine précédente. Dans les petites rues adjacentes, on remarquait les enseignes de salons de massage où officient des demoiselles aux mensurations imparfaites. Patrice se plaignait de la chaleur.

Lors des répétitions du show, je restais dubitatif quant à la démarche des mannequins. Pourquoi forçait-on ces jeunes filles innocentes à avancer comme des robots neurasthéniques ? Ce n'est ni pratique ni sexy – de mon humble point de vue. Je posai la question à un assistant photo brésilien très bien habillé qui semblait en connaître un rayon.

– Non mais regarde-moi la Bulgare. Elle est grosse, persifla-t-il sans songer à me répondre.

Ça me paraissait largement exagéré, elle devait peser cinquante-quatre kilos. Je me tournai vers Pat :

– Pourquoi impose-t-on la minceur à ces femmes, alors que la plupart des hommes préfèrent les formes ? Sur Internet, la recherche « big tits » arrive loin devant « small tits », non ?

Il nettoya l'optique de son appareil d'un air pensif avant de se lancer.

– J'ai une théorie. Sachant que les vêtements en taille 32 coûtent le même prix que ceux en 44, ils vendent moins de tissu pour la même somme et réalisent des économies d'échelle. C'est pas qu'ils détestent les grosses, ils sont juste très pragmatiques.

Ce type était-il un abruti ou un génie ? Je ne parvenais pas à trancher.

La veille de la finale, j'avais largement ce qu'il me fallait pour mon reportage – qui, je ne le savais pas encore à ce moment-là, ne serait jamais publié. Que faire ? Relire *La Condition humaine* sous un parasol ? Psalmodier *Le Petit Livre rouge* au McDo ? Ingurgiter des litres de Tsingtao dès le petit déjeuner et insulter tout le monde autour de 14 heures ? Avant d'être englouti par la spirale du vide, je décidai de m'échapper pour visiter l'île.

Pat était grognon. Il refusa de m'accompagner, repoussant ma proposition d'un elliptique « mouais, non, je vais faire un tour en ville ».

En dehors de Sanya, l'île de Hainan proposait des paysages luxuriants de rizières éternelles, et j'avais lu qu'on pouvait accéder à des villages peuplés par des communautés Miao et Li, paysans des montagnes vivant encore selon leur mode de vie traditionnel. Très bien, un peu de tourisme ethnique me fournirait ma dose d'authenticité. Les villages en question, quoique retirés sur les hauteurs, se sont avérés parfaitement disneylandisés avec entrée payante, spectacles folkloriques pourris et vente d'artisanat made in China (je veux dire : fabriqué dans une usine de Shenzhen).

– Tu es allé dans des villages ! Mais tu n'as pas eu peur ? me demanda l'attachée de presse à mon retour, horrifiée par tant d'audace.

– Écoute, non. C'était pas très différent d'ici. On organise un spectacle autour de gens qui ont un potentiel économique. (En vérité, ça, je l'ai pensé, je ne lui ai pas dit.)

Pat semblait apaisé, beaucoup plus zen qu'au matin.

– Elle est pas belle la vie ? philosopha-t-il en sirotant son quatrième mojito au bord de la piscine.

Au moment de régler ses consommations, il laissa échapper de son portefeuille la carte de visite d'un salon de massage, qui expliquait sans doute sa bonne humeur retrouvée.

Vint enfin le soir de la cérémonie, un show au kitsch bien huilé dont les droits télé étaient vendus dans une trentaine de pays. Entre deux défilés et quelques pluies de paillettes, des clips rappelaient le parcours des glorieuses aînées lancées par le concours (Cindy, Stephanie, Gisele…). Après un premier écrémage, le jury a retenu vingt-cinq finalistes. Je me suis frotté les yeux : elles étaient indistinctes. Presque uniquement des beautés pâles uniformisées. Même la Chilienne était blonde. Les brunes avaient disparu, à part une Nigériane pour le quota et deux Chinoises diplomatiques.

– En fait, ce sont les directeurs de casting et les grandes marques qui décident des filles de demain, me confia un boss de l'agence en coulisses. Nous choisissons sous la pression du marché.

C'est donc ainsi qu'apparaissent les nouvelles nymphettes au service de sainte frustration, mère de la consommation. Petits anges sur papier glacé, programmés pour activer les démons de la libido masculine et du ressentiment féminin. Certains affirment que la Lolita est une invention du capitalisme pour vendre ce qui ne s'achète pas, la jeunesse et la beauté.

– Tu parles, les jeunes filles n'ont pas attendu le capitalisme, ni Nabokov, pour rendre les hommes cinglés, reprit Patrice. Simplement, on a industrialisé le processus.

Le lendemain, pour boucler mon reportage, j'ai eu le privilège d'interviewer la gagnante, celle qui venait d'être catapultée plus belle femme du monde. Une collégienne belge de quinze ans. Blonde. J'aurais pu être intimidé, c'était la plus belle femme du monde. C'est elle qui l'était, j'avais le double de son âge. Je ne me souviens pas vraiment de la conversation. Si, elle m'a expliqué qu'elle adorait le shopping.

J'ignore ce qu'elles sont devenues, elle et ses rivales. Certaines ont arpenté les podiums le temps d'une saison. La plupart ont dû figurer quelque part dans les pages d'un catalogue de prêt-à-porter ou dans une pub pour du jambon. Peut-être que certaines ont embrassé une carrière de styliste précaire ou passé une thèse d'astrophysique, que d'autres ont tenté leur chance dans le porno ou sont devenues mères au foyer. Ça passe tellement vite, une jeunesse.

Dans l'avion qui décollait du paradis, Patrice soupirait en éditant ses images, je repensais à un roman qui avait marqué ma propre jeunesse, le *Nadja* d'André Breton, « La beauté sera convulsive ou ne sera pas », concluait le surréaliste. Ça ne s'est pas passé comme ça, mon vieux Dédé. La beauté officielle est tout sauf convulsive. Elle est plate et elle marche droit.

# Dans les montagnes japonaises, où l'on se purifie en suivant la voie du Shugendō

Une pluie lourde s'abat sur la forêt. Je suis cerné par les brumes, sur les pentes d'une montagne à dix mille kilomètres de chez moi. Des hommes poussent des cris étranges. Ils sont nus. Je suis nu aussi. J'ai froid. Devant moi, une cascade sous laquelle on m'ordonne de passer. J'ai tellement froid. J'ignore comment cette histoire va se terminer. La seule chose que je sais, c'est que je n'ai pas d'autre choix que de me jeter à l'eau.

Pour comprendre comment j'en suis arrivé là, il faut remonter quelques semaines plus tôt. Tout a commencé par un e-mail de Fonovich-San, le vénérable rédacteur en chef du magazine *A/R*. « Veux-tu partir en reportage chez les Yamabushi ? » « Évidemment », ai-je répondu du tac au tac, en allumant une cigarette, sans avoir la moindre idée de ce dont il me parlait. Après une enquête approfondie de trois minutes sur

Wikipédia, j'ai découvert que les Yamabushi, « ceux qui se prosternent devant la montagne », formaient un ordre d'ermites montagnards suivant la voie du shugendō, une tradition mystique née au VIIIe siècle d'un syncrétisme entre bouddhisme, animisme shintō et chamanisme. Vu de loin, un mélange de moines Shaolin et de gardiens de l'Office national des forêts. Vu de près, ce doit être un peu plus subtil que ça. Ma mission, puisque je l'ai acceptée, consistera à suivre leur processus d'initiation. Au programme : ascétisme et endurance. « Les forces de la nature et celles de votre corps vous montreront la voie », assure une vidéo de présentation. « À l'issue de ce voyage, vous saurez qui vous êtes vraiment. » J'étais sensible à cet argument car plus je vieillis, moins je sais qui je suis – j'aborderai peut-être ce sujet dans un autre ouvrage.

Quelques semaines plus tard, je survole la préfecture de Yamagata, dans le nord-ouest de Honshu, l'île centrale de l'archipel. Loin de Tokyo et de sa modernité épileptique, j'atterris dans la plaine de Shonai, une région agricole. Paysages de rizières qui se cognent sur le flanc de petites montagnes aux courbes délicates, pour le plus grand bonheur de Jérémie-Kun, le photographe qui m'accompagne. Tim nous accueille à l'aéroport. Il est néo-zélandais, vit ici depuis huit ans, parle japonais. Il travaille avec l'organisation qui nous reçoit ici. S'il n'en a pas l'air, ce garçon est bel et bien un Yamabushi.

– L'initiation a changé ma vie, explique-t-il.

– Ah oui, comment ça ?

Tim élude. On n'a pas le droit de trop en savoir avant d'y être. Il répond simplement :

– J'espère que vous avez bien dormi ces derniers jours.

Il se trouve que non. Nous venons de traverser un quart de la planète en classe éco, nous ne sommes pas très frais.

Première étape : une halte au temple Zenpoji à Tsuruoka, fameux pour sa pagode aux cinq cents statues. Nous nous y familiarisons avec la culture monastique locale. Un cours de calligraphie (activité apaisante), un cours de bonnes manières à table (« Si vous prenez votre bol avec une seule main, on vous demandera de partir », on ne rigole pas du tout avec le protocole), prières et récitations de mantras. Et enfin, une première approche de la méditation zazen, durant laquelle je rattrape quelques minutes de sommeil.

Le lendemain, nous arrivons à Toge, village situé au pied du mont Haguro, qui, avec le Gassan et le Yudono, forme le Dewa Sanzan, le site des trois montagnes sacrées. Nous sommes reçus au daishobo, la maison de pèlerinage. À genoux sur des nattes, dans une pièce aux portes coulissantes au fond de laquelle se dresse un autel, nous faisons la connaissance de Tak, qui sera notre maître pour les jours à venir. On nous informe des règles en vigueur durant notre apprentissage.

Interdiction de se laver le visage.

Interdiction de se brosser les dents.

Interdiction de parler.

On nous confisque nos portables et nos montres – Jérémie-Kun a le droit de conserver son appareil photo pour les besoins du reportage. Vient ensuite le moment de revêtir le shozoku, costume traditionnel à la blancheur immaculée. La première fois, cela prend une vingtaine de minutes. Je regarde le maître et procède par imitation : me voilà accoutré d'une sorte de bandana, de guêtres et d'un collier tressé.

– C'est la tenue des morts. Car vous allez mourir et renaître.

Je voudrais demander si on parle bien d'une mort symbolique, juste pour vérifier. Mais il est interdit de poser des questions.

– Je ne vais pas être sympathique, prévient Tak. Quand je vous dis de faire quelque chose, dites simplement : Uketamo !

*Uketamo* signifie « j'accepte humblement avec le cœur ouvert ». C'est le seul mot qui nous est autorisé.

Tak attrape sa conque, un énorme coquillage blanc toujours accroché à son cou, dans lequel il souffle comme si sa vie en dépendait. La scène peut faire sourire. Mais, une fois encore, on n'est pas là pour rigoler. On est là pour devenir quelqu'un d'autre. Se débarrasser de cette carapace d'Occidental ironique pour se reconnecter à la nature et revenir à la pureté essentielle des choses. Certes, je porte des guêtres et j'obéis à un inconnu qui souffle dans une conque. Mais c'est une tradition millénaire que Tak me transmet, alors j'efface mon sourire en coin et je me plonge, tout en premier degré, dans cet ésotérisme jailli des âges farouches. Uketamo.

Nous récitons quelques mantras pour nous mettre en jambe. Puis nous chaussons nos jikatabi, ces étranges chaussures à deux orteils qui nous font des pieds de dromadaire. Et nous partons, bâton de pèlerin en main, vers l'inconnu. Car on ne nous a pas dit où nous allions. Nous suivons. Nous obéissons silencieusement. Il en sera ainsi pour les prochains jours.

J'ai promis de ne pas donner le détail et la chronologie du programme initiatique, pour ne pas abîmer le mystère. Je vais simplement en tracer les grandes lignes en partageant mon ressenti de petit scarabée.

C'est une séquence hors du temps, où l'on balance entre le mouvement et la contemplation. On grimpe sur les dalles des chemins de pèlerinage parmi les cèdres géants nés il y a quatre cents ans. Sous les pluies battantes de l'automne nippon, le corps évolue à travers des paysages rendus oniriques par des brumes dissimulant sans doute quelques kamis, ces esprits de la forêt tapis dans la végétation pour se foutre de la gueule de l'Européen égaré. À la lueur vacillante d'une bougie ou assis en tailleur sur la pierre froide des innombrables temples qui jalonnent les sentiers, on psalmodie des mantras, répétés des centaines de fois, de jour comme de nuit, jusqu'à l'étourdissement, l'hypnose.

On a faim. Nous sommes très peu nourris. Un bol de riz de temps à autre. « Mangez aussi vite que vous pouvez, comme des fantômes affamés », nous presse Tak. La satiété, comme le confort, est l'ennemie de l'élévation. Les moments de repos sont courts. À peine endormis au daishobo, nous sommes tirés du futon par le son de la conque qui hurle : « Debout ! » On ignore s'il est minuit ou 6 heures du matin. Il fait nuit et on obtempère. On s'habille. (Procédure complexe, on l'a déjà dit, pas facilitée par le manque de sommeil.) On rejoint le maître. Et on repart. À jeun. Dans l'obscurité de la montagne. Dans un éternel recommencement de silence. Uketamo.

La routine est parfois ébréchée par des rites consistant à survivre à l'asphyxie dans une pièce enfumée (tout en récitant les mantras, bien entendu) ou à traverser un brasier en courant. Ce qui, pour le coup, est une partie de plaisir pour qui a enduré le supplice de la cascade, évoqué au début de ce récit.

Souvenez-vous : une pluie lourde s'abat sur la forêt, il fait froid, nous sommes (presque) nus et une terrible épreuve m'attend. Tak s'est déshabillé après une cérémonie dans un temple forestier, nous l'avons imité. Nous l'avons suivi jusqu'à une chute d'eau. Là, il nous incite à pousser ces cris étranges destinés à nous réchauffer. Puis il s'installe sous la cascade. Il psalmodie, imperturbable, pendant deux bonnes minutes. Sacré bonhomme, mon gourou. C'est mon tour. Uketamo, quoi.

Je me glisse sous l'eau. Cinq degrés. La pression me broie les épaules. Le froid s'insinue jusqu'à la moelle de mes os. Je focalise mes pensées sur le mantra que je suis censé réciter. Ma force spirituelle devrait m'extraire de la situation pour mépriser le monde physique et sa douleur. Ma formation doit être incomplète car tout ce qui me passe par la tête se résume à : « Sa mère comment c'est froid. » Je ne suis pas certain d'avoir tenu trente secondes.

Ça a duré deux jours comme ça. Nous avons survécu.

Quand ça s'est terminé, nous étions prêts pour rencontrer le maître de notre maître. Fumihiro Hoshino, soixante-douze ans, treizième génération de prêtres Yamabushi, gardien de la tradition. Avec sa barbe blanche et sa beauté de vieillard serein, il a exactement l'allure qu'on attend du vieux sage dans un film de kung-fu. Il nous accueille pour le naorai, le repas sacré. « Il faut être comme un bébé. Le bébé n'a pas de connaissance mais il sait vivre. Le silence crée de l'espace dans nos esprits pour ressentir avec le corps. » Je médite sur les aphorismes de maître Hoshino en me goinfrant de boulettes de riz et de tofu. « Il faut vivre l'instant présent. Être ici et maintenant. Concentrés sur la seconde en cours, pas sur la suivante ou la précédente. » Fort de cette sagesse, je me précipite sur l'immense récipient qui contient le saké dont l'ingestion rituelle scelle mon apprentissage.

Tak nous emmène ensuite au onsen, les thermes où l'on se baigne entièrement nus. Flottant dans l'eau brûlante, le corps éprouvé mais apaisé, je me sens l'âme légère, comme celui qui vient de traverser un rêve de coton. Je prends conscience que je me suis au passage débarrassé de mon addiction à la cigarette, comme par magie. Vingt-cinq ans de tabagie quotidienne : terminé.

Non, je n'ai pas eu la sensation de mourir et de renaître.

Mais oui, j'ai vécu un processus de purification dans les secrets du Japon éternel.

Uketamo.

# À Séoul, où tout va trop vite

Je vous écris de Séoul, capitale de la Corée du Sud, l'un des pays où l'on travaille le plus au monde. C'est aussi l'un de ceux où l'on se suicide le plus et on ne m'ôtera pas de l'idée qu'il y a un lien entre les deux. Le miracle économique coréen est sans précédent. C'était le tiers-monde il y a quarante ans et aujourd'hui ils ont des supermarchés virtuels dans le métro, grâce auxquels on peut faire ses courses en photographiant des codes-barres avant d'être livré à domicile. En Corée du Nord aussi, les supermarchés sont virtuels, mais pas pour les mêmes raisons.

Je ne ferai pas l'affront d'expliquer que Séoul est une destination « entre tradition et modernité » parce que, même si c'est vrai (il y a des vieux temples et de l'architecture dernier cri), cette formule est valide dans n'importe quelle ville. Ce que je peux dire, c'est que les chauffeurs de taxi conduisent en regardant des matchs de base-ball et que 21 % de la population s'appelle Kim.

Ici, on n'a rien à envier à l'Occident. La Corée du Sud refourgue sa technologie et son modèle culturel à la planète entière. Sur leur smartphone made in Korea, les adolescents de Lima, du Caire ou de Vesoul consomment avidement les petites stars de la K-pop aux paupières refaites et dont l'efficacité commerciale s'avère inversement proportionnelle à l'intérêt musical.

Ici, on n'a rien à envier à la France. Une vision romantique persiste ; la France c'est mignon, on y prend des cafés en terrasse et des vacances en permanence. Chez les branchés, on considère plutôt Paris comme une belle endormie où il ne se passe plus grand-chose. Alors qu'à Séoul, on ne dort pas beaucoup et on avance très vite. La Corée marche méthodiquement vers l'avenir sans trop savoir où elle va, au prix d'une bonne dose de stress.

Moi non plus, je ne sais plus trop où je suis. J'étais à Rio avant-hier, je viens de fouler trois continents en trois jours et les douze heures de décalage affectent mon fonctionnement cérébral. Je m'endors au milieu de mes phrases (ce qui n'est pas très poli et ici il faut être sur ses gardes avec la politesse, un faux pas est si vite arrivé) ; je me réveille à 1 heure du matin. En conséquence, je suis bien obligé d'arpenter la nuit séoulienne. Les rues de Hongdae sont envahies par les basses des DJ, mâtinées du tintement des talons titubant sous l'effet des flots éthyliques. Dans les restaurants, les salariés enchaînent les cul-sec de soju, spiritueux local qui s'ingurgite dans des proportions à faire pâlir n'importe quel Russe. Passé une certaine heure, on peut voir des jeunes cadres (plus trop) dynamiques se disputer avec des arbres. Au petit matin, j'ai observé avec tendresse un homme muni d'un attaché-case endormi sur un banc. Il ronflait tranquillement dans son costume-cravate, le pantalon maculé d'une grosse flaque d'urine.

Personne ne s'offusque de ces déviances nocturnes car il faut bien évacuer toute cette pression de réussite sociale. THINK NEXT : l'injonction trône en lettres géantes et lumineuses au sommet d'un gratte-ciel du centre-ville, comme un phare rappelant à l'ordre au milieu de la nuit, précisément quand on essaie d'arrêter le temps.

## À LA FRONTIÈRE CORÉENNE, OÙ L'ON PASSE TROIS MINUTES DE L'AUTRE CÔTÉ

« Et voilà, vous vous trouvez actuellement en Corée du Nord. »

Un murmure de satisfaction parcourt le groupe de touristes à l'annonce de la guide. Ils viennent de mettre un pied dans le pays le plus fermé du monde. Une expérience rare, qui dure trois minutes. Certains songent déjà à leur statut Facebook.

La scène a lieu dans un petit bâtiment bleu, autour de la table où se déroulaient les négociations Nord-Sud, à cheval sur la ligne de démarcation. Deux soldats sud-coréens affublés de lunettes noires s'y tiennent immobiles dans une posture martiale dérivée du taekwondo, poings et mâchoires serrés. Une agressivité surjouée tutoyant une autre frontière, celle du ridicule. « Vous pouvez prendre des photos à côté d'eux, mais vous n'avez pas le droit de les toucher », précise la guide. Comme les gardes du palais de Buckingham.

Mais nous sommes loin de Londres, à soixante-dix kilomètres de Séoul, dans la Joint Security Area (JSA), la zone commune de sécurité administrée par les Nations unies. À deux pas de l'endroit où a été signé l'armistice de Panmunjeom, le 27 juillet 1953, mettant fin à la guerre de Corée entre le Sud appuyé par les Américains et leurs alliés, et le Nord communiste de Kim Il-sung, soutenu par la Chine et l'URSS. Trois ans de combats, plus de deux millions de morts.

La JSA est le cœur de la DMZ, la zone démilitarisée séparant les deux pays depuis plus de soixante ans. Un rideau de fer courant sur deux cent quarante et un kilomètres aux alentours du 38e parallèle qui est, en dépit de son nom, une des zones les plus militarisées de la planète. Une bande de quatre kilomètres de largeur, truffée de miradors, de mines et de mitrailleuses, derrière laquelle stationnent plus d'un million de soldats.

Après leur bref passage au Nord, les touristes sont rangés en ligne pour une séance photo. Clichés interdits en direction du Sud, cela violerait le secret militaire, indique le caporal américain supervisant la visite. À quelques mètres de là, un soldat nord-coréen observe la scène millimétrée sans broncher, comme il a dû le faire des milliers de fois. Ce ballet touristico-militaire, s'il obéit à des impératifs de sécurité bien réels, comporte aussi sa part de mise en scène anxiogène. Le visiteur, qui a signé une décharge lui rappelant les « possibilités de blessure ou de mort », en a ainsi pour son argent.

Environ cent mille personnes découvrent la JSA chaque année. Uniquement des étrangers, les Coréens ne pouvant accéder à la zone sans autorisation spéciale. Outre le franchissement de ligne de démarcation, point d'orgue de la journée, notre groupe enchaîne les attractions périphériques dans le cadre de son tour combiné à quatre-vingts euros.

Depuis l'observatoire de Dora, on peut admirer les immenses drapeaux se faisant face dans les deux villages frontaliers, compétition phallique remportée par la Corée du Nord dont l'étendard culmine à cent soixante mètres.

Au sud, le « freedom village » de Taesong-dong est peuplé de quelques familles de paysans subventionnés et soumis au couvre-feu. Au nord, le « propaganda village » de Kijong-dong n'a longtemps été qu'une coquille vide édifiée pour l'esbroufe. Il est désormais habité par des travailleurs du complexe industriel de Kaesong, où sont installées des entreprises sud-coréennes. « Mettez cinq cents won (trente centimes) dans les jumelles, invite la guide. Vous pourrez peut-être voir des Nord-Coréens marcher sur la route. » Et en effet, on peut voir des vrais Nord-Coréens à la jumelle.

Le circuit plonge également dans le troisième des quatre tunnels creusés par le Nord sous la frontière. Découvert en 1978, c'est le plus proche de Séoul. Il y jaillit une source exploitée dans le commerce sous l'étiquette DMZ Mineral Water. Il faut enfiler un casque, s'installer à bord d'un petit train et descendre à soixante-treize mètres de profondeur, parcourir la galerie et reprendre le petit train pour remonter à la surface. « C'est juste un tunnel, quoi », résume un touriste suédois légèrement dépité par l'industrialisation du processus, pendant que d'autres visiteurs posent pour la photo devant une structure représentant les trois lettres géantes D, M et Z peintes en rose et bleu. On ne sait plus trop si l'on est dans *Le Désert des Tartares* ou à Disneyland.

Les visites individuelles étant proscrites, il est impossible d'échapper à la caricature du circuit organisé : participants badgés, guide stressée dotée d'une casquette à visière, bus malodorant et passage obligé par le magasin de souvenirs proposant des morceaux de barbelé pour une dizaine de dollars. Mais aussi du riz made in DMZ, des puzzles, de la monnaie nord-coréenne et des bouteilles du whisky préféré de Kim Jong-il, le dictateur décédé en 2011.

Le passage à Imjingak peut être considéré comme une forme de calvaire pour les allergiques au tourisme canalisé. Sur ce site mémoriel en bordure de la zone frontière, se dresse un authentique parc d'attractions, avec manèges et autos tamponneuses, surmonté d'un restaurant panoramique et cerné de vendeurs de friandises. Difficile de saisir la réalité d'une situation géopolitique sans équivalent, dans ce barnum aseptisé. Mais le réel, qui est tenace, ressurgit parfois au milieu du pop-corn.

Le site d'Imjingak abrite le « pont de la liberté », qui fut le lieu d'échange des prisonniers après la guerre, où flottent rubans et drapeaux ornés de messages laissés par les victimes de la partition du pays. Un homme âgé, feutre à la main, est penché sur une balustrade. On lui demande ce qu'il écrit ; il fond en larmes. Il vient d'en face, de l'autre côté. Sa famille est restée là-bas. Pendant qu'un touriste chinois bedonnant équipé d'une banane filme une piscine en forme de carte de la Corée, un vieillard pleure à chaudes larmes sans pouvoir s'arrêter.

Près de six millions de Sud-Coréens ont encore de la famille au Nord et plus de vingt mille transfuges du Nord vivent au Sud. L'intégration n'est pas toujours aisée dans un pays capitaliste ultramoderne pour ceux qui ont passé leur vie sous un régime communiste anachronique. Il existe toutefois des débouchés. Certains deviennent consultants touristiques sur la DMZ, ce qui permet aux agences de voyages de vanter la « présence d'un transfuge de Corée du Nord » lors des circuits. Nous sommes ainsi accompagnés par une dame d'une quarantaine d'années qui a fui le Nord en 2008. Elle vit à Séoul avec une de ses filles. Ses deux autres enfants et sa mère sont restés au Nord. « J'ai eu l'autorisation de faire un déplacement en Chine, explique-t-elle. Là-bas, j'ai vu une série sud-coréenne à la télévision. J'ai choisi de fuir grâce à des passeurs. Là-bas, nous ne savons pas ce qui se passe ici. Et ici, c'est mieux que ce que j'aurais imaginé. »

En dehors de son aspect économique, le tourisme de la DMZ véhicule aussi un discours prônant la réunification, via les expositions qui jalonnent les visites. Si le premier observatoire sur la DMZ date de 1984, le développement des infrastructures d'accueil et le boom des tour-opérateurs coïncident avec la *sunshine policy* (1998-2008), politique de réchauffement initiée par l'ancien président du Sud Kim Dae-jung. Une ouverture qui a conduit à des échanges économiques accrus (le complexe industriel cité plus haut), et à la construction de la gare de Dorasan en 2002, sur une ligne Séoul-Pyongyang qui, on s'en doute, n'est pas opérationnelle. Une gare sans passagers, où les trains arrivent du sud et repartent vers le sud, en attendant une hypothétique avancée de l'Histoire. Pour l'heure, elle sert essentiellement d'étape aux circuits organisés.

Il y a tout de même eu une expérience de tourisme transfrontalier, donnant accès aux monts Kumgang, situés au Nord et considérés comme sacrés pour les Coréens des deux côtés. De courts séjours, très balisés, organisés par une filiale de Hyundai. « Les Nord-Coréens touchaient cent dollars par touriste venu du Sud. L'argent servait à leur programme nucléaire », peste notre guide. L'aventure a pris fin le 11 juillet 2008, quand une touriste a été abattue pour s'être écartée de la route.

Ne pas oublier que les deux pays sont toujours officiellement en guerre. Depuis 1953, les accrochages frontaliers ont fait près de mille quatre cents victimes. Le 26 mars 2010, une corvette sud-coréenne a été coulée par une torpille, causant la mort de quarante-six marins. Des épisodes qui illustrent la fragilité de la situation et le flou qui règne quant à l'avenir des relations entre les deux frères ennemis. Séoul vit toujours avec des distributeurs de masques à gaz dans le métro.

Paradoxe de l'Histoire, le drame humain de la DMZ est une aubaine pour la nature. Du fait de son inoccupation, le no man's land est devenu de facto une réserve naturelle accueillant deux cent trente espèces d'oiseaux, dont certaines sont en voie de disparition ailleurs (cigognes à bec noir, grues à cou blanc, aigrettes...). Dans les vidéos pédagogiques projetées lors des circuits, ce sanctuaire de la biodiversité est métaphorisé en « espace symbolique pour la réunification » et un projet d'*Eco Peace Park* est en développement.

Les cigognes sont-elles capables d'effacer six décennies de déchirement ?

En passant à travers les paysages de rizières de la DMZ, le touriste badgé observe derrière la vitre du bus les grands échassiers s'envolant au-dessus des barbelés. Spectacle d'une étrange pureté, où des espèces menacées franchissent la frontière dans un calme absolu, à portée de fusils d'un million d'*Homo sapiens*.

# Au Népal, où l'on survole la demeure de Shiva

La vie est répétitive. C'est une succession de monotonies diverses, parfois interrompues par un événement saillant, une situation inédite qui donne un petit coup de fouet vivifiant à notre vision du monde. En langage courant, on appelle cela « sortir de sa zone de confort ».

C'est ce que j'ai ressenti quand mon existence s'est retrouvée suspendue dans les cieux à quelques bouts de ficelle, face à une montagne d'Himalaya culminant à près de 7 000 mètres, alors que je n'avais jamais pratiqué de sports aériens et que, accessoirement, j'ai toujours eu peur du vide.

Tout a commencé à Paris (altitude : 35 mètres) avec un appel de quelqu'un que je n'avais pas vu depuis une quinzaine d'années.

– On part au Népal pour voler au-dessus du Machapuchare. Tu viens avec nous ?

À l'autre bout du fil, Jérôme Blanc-Gras, quarante-trois ans, guide de haute montagne à

Chamonix, alpiniste chevronné, spécialiste de l'escalade sur cascades de glace, base-jumper, wingsuiter (vous savez, les hommes-oiseaux qui volent dans leur combinaison en frôlant les falaises) et parapentiste. Un aventurier, un vrai qui se trouve être mon cousin.

J'ai dit oui, parce qu'on ne se refuse pas aux tribulations qui vous tendent les bras.

J'ai dit oui, parce que mon cousin m'a garanti que ce n'était « pas vraiment engagé » (comprendre : pas trop dangereux) et que ma totale inexpérience du vol libre et de la montagne n'était pas un problème. « Au pire tu vomiras, mais je te ramènerai entier. »

L'objectif de l'expédition, c'est donc le Machapuchare (ou Fishtail, en anglais), 6 993 mètres, un sommet mythique ayant pour particularité de ne jamais avoir été vaincu. Montagne sacrée pour les hindous, son ascension est prohibée. Mais rien n'interdit de la survoler et d'aborder par la voie céleste ces rivages jamais atteints. Un projet exaltant qui n'est toutefois pas à la portée du premier venu. Si le parapente est une grande famille, les adeptes du high flight, cette discipline qui consiste à défier les très hautes sphères, forment un club restreint de quelques dizaines de personnes dans le monde. Avec eux, le principe initial du parapente est inversé. On ne monte pas pour redescendre. On monte pour monter encore plus haut.

Après deux petits vols d'essai en Haute-Savoie, j'atterris à Katmandou. C'est là, dans la capitale dévastée par le tremblement de terre de 2015, que je rejoins l'équipe. Avec Jérôme, je retrouve son frère aîné Christophe Blanc-Gras, un baroudeur des airs, instructeur de parapente depuis vingt ans, pionnier du paralpinisme (le base-jump en altitude) et pilote de paramoteur. Ils sont accompagnés par Dimitri Angonin, spécialiste du cross (vol de distance) et par Hervé Burdet, surnommé « The Master ».

Ces quatre-là totalisent plus d'un siècle d'expérience dans le ciel. Ils ont décidé de vivre cette aventure aérienne hors du commun en tandem. « Parce que réaliser ses rêves, c'est bien. Mais les partager, c'est encore mieux », explique Jérôme. Ils ont donc embarqué avec eux des plus ou moins néophytes, amis, copines et cousin journaliste. Je serai donc passager ; je n'aurai rien d'autre à faire que prendre des notes et essayer de ne pas mourir de froid, d'hypoxie ou de peur.

Nous nous rendons à Pokhara, huit heures de bus pour effectuer un trajet de deux cents kilomètres sur des routes calamiteuses et bordées de précipices, qui prouvent dès le début que cette expédition n'est pas dénuée de risques. Petit paradis pour routards fauchés face à la chaîne des Annapurnas, Pokhara (827 mètres) est l'un des meilleurs spots de parapente de la planète. Au loin, le Machapuchare domine la ville, incontournable dans ce panorama pourtant bien chargé en merveilles. « C'est une montagne spéciale », explique Rajesh Bomjan, le tout premier pilote népalais. « La légende dit que c'est la demeure de Shiva. » D'où l'interdiction de la profaner. Il ne faut pas perturber le dieu de la création et de la destruction. Une autre version de la légende : en 1957, des alpinistes anglais auraient inventé le caractère sacré du Machapuchare pour justifier l'échec de leur ascension. Ainsi, personne n'a-t-il pu la retenter depuis. « C'est une montagne très difficile à escalader sur toutes ses faces, poursuit Rajesh. Elle est d'une beauté quasiment psychédélique. On peut s'amuser à distinguer des formes dans ses reliefs : un tigre, un yéti attrapant un cerf ou une femme avec un enfant. » Nous, on ne voit qu'un massif majestueux, dont la forme triangulaire n'est pas sans rappeler le Cervin (avec 2 500 mètres de plus), à la fois protecteur et menaçant. Ce massif, notre équipier Hervé Burdet le connaît mieux que quiconque. En 2014, il a effectué un premier vol historique, en solo, au-dessus du sommet. L'exploit lui vaut un prestige palpable dans les rues de Pokhara, où les gens s'inclinent sans cesse devant « Hervé The Master ». Il faut dire qu'il a formé une bonne partie des parapentistes locaux durant ses huit années passées au Népal. Une tranche de vie qui a sans doute contribué à forger l'imperturbable sérénité qui le caractérise.

Le jour J approche. Les pilotes règlent les derniers détails, testent le matériel, remplissent les bouteilles d'oxygène (détail non négligeable pour notre survie si les vents nous portent vers l'Olympe local). Puis c'est le départ, avant l'aube, pour un trek qui doit nous conduire au décollage, vers le camp de base du Mardi Himal, la petite montagne (5 587 mètres) qui fait office d'antichambre du Fishtail. J'empoigne mon sac à dos et un vendeur ambulant me propose sa camelote. J'acquiers un rudraksha, chapelet de graines censé me placer sous la protection de Shiva (j'ai confiance en mes guides mais on ne sait jamais, autant mettre toutes les chances de son côté). Nous crapahutons deux jours à travers les forêts de rhododendrons. On y croise des porteurs bien chargés, quelques mules et un chevreuil. Une halte dans un dernier village gurung, ethnie de paysans bouddhistes connus pour leurs talents de chasseurs de miel. Ensuite, il n'y a rien d'autre que quelques refuges où l'on peut acheter du lait de yak fraîchement tiré du pis.

Soudain la forêt s'efface devant les herbes jaunies de l'altitude et nous pénétrons dans une autre réalité. Nous traversons une épaisse mer de nuages pour accéder à un étage supérieur du monde. Un tapis cotonneux s'étend à nos pieds.

Là-dessous se trouve une humanité écrasée par un plafond de brume grise. Ici règnent la lumière et l'incroyable pureté du bleu himalayen, dans lequel se dressent les plus hautes montagnes de la Terre. On pourrait croire que ça ressemble au paradis, mais c'est bien plus beau que ça.

Le ronronnement d'un hélico interrompt notre contemplation. Un chopper, dans les parages, annonce des mauvaises nouvelles. Un alpiniste disparu, en l'occurrence.

Arrivée au high camp, 3 500 mètres. Dans l'inconfort chaleureux du refuge, les membres de l'expédition préparent leur plan devant un dal bhat, soupe de lentilles et riz, plat national pourvoyeur d'énergie longue durée. En ce mois de novembre coincé entre la mousson et l'hiver, une étroite fenêtre aérologique se présente aux parapentistes.

Levons la tête. Là où je ne vois que du bleu, les parapentistes déchiffrent les forces du vide. « Nous lisons dans le ciel comme les marins lisent dans les courants. Sauf que c'est invisible », explique Dimitri Angonin, le benjamin des pilotes. Le Graal, c'est la colonne thermique. On traque les barbules, ces petits nuages qui annoncent la formation de ces bulles ascensionnelles. On redoute la couche d'inversion, ce couvercle qui emprisonne l'air chaud et empêche la montée. L'aérologie est une science subtile et le jargon des spécialistes, souvent hermétique au non-initié, peut offrir des logorrhées de ce type : « Ça ronflait au déco, je suis parti en cobra et j'ai enroulé la skin, ensuite j'ai dû détrimer et faire une laisse de chien avant de poser en 3-6. »

Ce que je comprends, c'est qu'il y a deux questions fondamentales : quand décoller et où atterrir. Nous décollerons le lendemain, la journée semble propice. Et nous atterrirons où nous pourrons. L'idéal étant de s'élever assez haut pour redescendre jusqu'à Pokhara, une trentaine de kilomètres plus loin. Nous verrons bien ce que le ciel nous réserve.

Je me réveille au tout petit matin, dans un mélange d'excitation et d'appréhension. La nuit a été perturbée par le boucan du générateur de l'équipe de secours cherchant l'alpiniste disparu. En montagne, c'est bien connu, le risque zéro n'existe pas. Le danger peut survenir n'importe où. Pour illustrer cet adage, je manque de me briser la nuque en glissant sur une plaque de verglas en sortant des toilettes du refuge.

Une dernière marche nous mène sur une pente dégagée, à 4 000 mètres, où l'oxygène se fait déjà plus rare. Un bout de bambou cueilli dans la forêt est planté pour servir de manche à air. Les courants sont loin d'être idéaux et les pilotes n'ont pas tous la même lecture de la situation.

Doit-on se lancer maintenant ? Attendre un peu, quitte à laisser passer le bon créneau ? Nous regardons les oiseaux, qui savent. Nous piétinons et le temps tourne. Se tenir prêts, avant que les conditions ne se dégradent.

Nous nous emmitouflons, car la température peut être mortelle par là-haut. Deux T-shirts, une polaire, un anorak, un sous-pantalon, un pantalon, une combinaison intégrale en duvet, une cagoule, un casque, un masque, des gants chauffants, deux paires de chaussettes et chaufferettes dans les chaussures, elles-mêmes enrobées de protections coupe-vent bricolées avec de la mousse. Un look de cosmonaute. Question cruciale : faut-il installer les Penilex, ces étuis péniens qui permettent d'uriner dans une poche, bien utiles si les vols se prolongent durant des heures ? Nous nous en passerons. Au pire, on se pissera dessus. Finalement, non : être mouillé par moins vingt degrés n'est pas recommandé. Je veux bien me casser une jambe ou deux sur l'autel de l'aventure, ça fait partie du jeu, mais il est hors de question que je sacrifie mes couilles pour aller tutoyer Shiva.

Les ailes sont dépliées, les fréquences radio accordées et les passagers harnachés. Vérification des arrivées d'oxygène. Allumage des caméras. Il est bientôt midi.

Trois pas en avant.

Quatre voiles se gonflent.

Huit humains s'envolent dans un départ synchrone.

Et nous « faisons un plouf ».

Dans le jargon, « faire un plouf » signifie descendre directement. Impossible de monter. Les vents ne sont pas favorables et le Machapuchare s'éloigne. Pas moyen d'enrouler un thermique pour aller taquiner notre montagne sacrée. Nous survolons en accéléré les paysages parcourus les jours précédents. Le jaune de la haute montagne, le vert de la forêt. Nous crevons une couche de nuages (il est théoriquement interdit de faire ça) dans un rêve cinématographique. Des vautours et des aigles nous accompagnent sur le chemin, voltigeant de concert avec nos voiles. Ils nous tolèrent sur leur territoire et nous montrent la voie. La température est douce. J'ai tout le loisir d'observer l'environnement pendant que Jérôme, engoncé dans sa combinaison prévue pour le grand froid, perd des litres de sueur en se débattant avec ses manettes. Nous franchissons des vallées pour revenir vers la civilisation, les câbles électriques, les humains. Les paysans penchés sur leurs champs se relèvent pour nous saluer. Nous atterrissons dans une rizière. Les gamins du village nous entourent, amusés par l'arrivée de ces drôles de bonshommes casqués venus du ciel.

Je suis sonné, abasourdi par la magie de ce que je viens de vivre.

Les pilotes, eux, veulent déjà remonter.

Après une douche et une nuit de repos, nous repartons à l'assaut. Une journée de marche rapide, 1 800 mètres de dénivelé, et nous sommes de retour au refuge du high camp.

Qu'est-ce qui a foiré lors du premier vol ?

Une longue discussion s'engage sur le processus de prise de décision au moment du décollage. Si une réelle amitié et un respect mutuel soudent le groupe, il faut coordonner des points de vue et des tempéraments parfois divergents. Chacun a son analyse, affinée par son expérience personnelle. Jérôme est celui qui connaît le mieux la montagne. Hervé, celui qui connaît le mieux cette montagne. Dimitri est le plus technique. Christophe, le plus instinctif, pas toujours facile à suivre, mais capable de fulgurances. La sécurité reste le paramètre primordial et tout le monde ne place pas le curseur au même endroit. Ces types cumulent des dizaines de milliers de vols et ils ont tous connu quelques chaleurs. Une cheville bousillée par-ci, deux vertèbres cassées par-là, un atterrissage en wingsuit dans les arbres pour l'un ou un posé d'urgence dans le centre-ville de Caracas pour l'autre. Animés par leur passion et l'incroyable sensation de liberté qu'elle procure, ils ont souvent testé leurs limites. « C'est une passion contre nature, les hommes ne sont pas conçus pour voler », rappelle Dimitri. Un argument plaide pour eux : ils sont en vie.

Dans ces moments-là, le journaliste a un rôle à jouer et il est très clair : il doit fermer sa gueule. Se faire oublier pour ne surtout pas influer sur les choix stratégiques. Non seulement parce qu'il est le moins compétent. Mais aussi parce qu'il se souvient de *Tragédie à l'Everest*, récit de l'ascension du toit du monde en 1996 (huit morts) par le journaliste-écrivain Jon Krakauer – également auteur de *Into the Wild*. Ce dernier estime que sa présence embarquée a pu inciter le chef d'expédition à prendre des risques déraisonnables, car il ne voulait pas échouer devant le reporter.

Un cadre a été défini sur le site de décollage au petit matin, après une dernière analyse météo : ce sera aujourd'hui, avant 11 heures, pour éviter d'affronter la mer de nuages qui bouche l'horizon en début d'après-midi. Une petite brise remonte de la combe, les conditions sont sur le fil du rasoir. Préparation, emmitouflage, trois pas en avant pour rejoindre les oiseaux.

Comme lors de la première tentative, nous tournons autour du point de départ pour chasser les thermiques qui, aujourd'hui encore, sont inconsistants. Les parapentes zérotent longuement (ils volent sans monter ni descendre), bataillent pour ne pas perdre d'altitude. Nous luttons contre la gravité.

Une bulle se forme, enfin. Une voile s'élève. Suivie par une autre. Puis une autre. Des mètres sont gagnés sur les crêtes en vol dynamique (en surfant sur la vague d'air proche des reliefs). La persévérance paie. Des masses d'air plus généreuses et instables permettent de s'extraire. Les variomètres crachent leur bip-bip-bip-bip, chanson douce qui indique l'ascension. Les paliers sont franchis les uns après les autres. Seul un parapente, qui a raté l'ascenseur, ne parvient pas à suivre. Hervé, lui, est entré dans un bon cycle thermodynamique, il monte rapidement et parvient au sommet du Mardi Himal, galvanisant le moral des troupes qui suivent sa trace.

Bientôt, le Mardi Himal est dépassé. Le Machapuchare se rapproche et la terre, déjà, n'est plus qu'un souvenir. Six personnes naviguent par moins quinze degrés, assises dans leur sellette avec des canules d'oxygène dans le nez et les Annapurnas en toile de fond, des glaciers sous les pieds et les parois de la montagne interdite au bout des doigts. Le sommet est en vue. Encore un effort, Shiva nous attend.

Mais rien n'est gagné et le ciel se durcit. Chacun tente de forcer le passage. Soit en contournant le massif par l'ouest ou par l'est, où la configuration des nuages supérieurs bloque l'accès. Soit en suivant les crêtes, où les turbulences rendent le vol trop risqué. La voix de Hervé crépite dans la radio. Il est à plus de 6 000 mètres et il se fait chahuter. La violence des vents peut faire perdre 1 000 mètres d'altitude en un clin d'œil. Il faut alors recommencer le yo-yo, une fois, deux fois, trois fois, pour se cogner contre un plafond infranchissable. La sagesse impose alors de lâcher l'affaire. Après deux heures dans les airs, il est temps de décrocher et d'entamer la redescente vers la vallée.

La glissade, sur plus de 5 000 mètres, est tranquille. Atterrissage à Pokhara, où les GPS donnent leur verdict. Hervé a atteint 6 453 mètres, signant ainsi le nouveau record d'altitude en vol tandem au Népal (le record du monde reste celui de Robert Van De Ham, réalisé au Pakistan en 2010 à 7 455 mètres). « Plus tu montes, moins tu es impressionné par l'immensité de la pyramide, explique The Master. Tu fusionnes avec la montagne. » L'équipe est partagée entre la joie de ce qui a été accompli et le goût de l'inachevé. Ils reviendront l'année suivante. Quant à moi, je n'ai plus peur du vide.

La nuit suivante, j'ai été réveillé à 5 h 22 par mon lit qui tremblait. J'ai appris au matin que la secousse, qui n'a pas causé de dégâts, avait atteint 5,4 degrés de magnitude. Pendant que la terre grondait, le ciel, lui, restait paisible.

# En Inde, où l'on zigzague dans le chaos

Je vous écris du sud de l'Inde où, une heure après l'atterrissage, j'ai déjà vu un temple planté au beau milieu d'une route de campagne, un homme à vélo avec un bonnet de laine par quarante et un degrés et un panneau indiquant une *sperm station*.

À Hampi, un vieux sâdhu hirsute au regard fou guide une assemblée compacte en brandissant un flambeau dans un paysage lunaire. Des centaines d'adolescentes parées de saris multicolores défilent dans un cliquetis de bijoux entrechoqués. Elles portent une noix de coco sur la tête pour accompagner une effigie de Shiva vers un temple qui était déjà là au XIV^e siècle.

Le panthéon hindou est peuplé de trente-trois millions de divinités. Ou trois cents millions selon les sources.

Des types bedonnants jouent de la trompette torse nu sur un éléphant. Un homme agite un sabre (regard fou, lui aussi) parmi les enfants aux crânes rasés qui psalmodient avec une ferveur qui n'existe pas en Europe. Ivre de joie dans les vapeurs d'encens et de jasmin, une foule bascule dans la transe en début d'après-midi. Un couple de singes, indifférent à l'agitation, copule sous les marches du sanctuaire.

Après la procession, j'ai discuté avec l'homme au sabre et au regard fou. Il est comptable.

Pour un regard occidental, ce pays est celui de l'incongruité et de l'inattendu. Être en Inde, c'est subir une succession de flashs propices au ravissement.

À Bangalore, centre universitaire et technologique, on aperçoit des Lamborghini et des magasins Décathlon (ce qui, soyons honnêtes, plonge rarement dans un état de ravissement). Silicon Valley du sous-continent, la capitale du Karnataka symbolise cette Inde moderne qui cavale vers la croissance. On jouit ici du même exotisme bordélique que dans le reste du pays, sans la violence du spectacle de la misère, nourrissons sur le trottoir et estropiés purulents que l'on croise inévitablement à Bombay.

À Pondichéry, qui se classe dans le top 10 mondial des plus beaux noms de ville, flotte encore un parfum d'indolence coloniale entre les rues Dumas et Labourdonnais. Sur le front de mer, les vieux pratiquent la marche sportive comme à Miami. Au restaurant, après le délice d'un poisson tandoori, un rat de la taille d'un castor déboule entre les tables pour rappeler qu'on n'est pas à Miami.

J'ai longtemps fantasmé sur Auroville, cette cité expérimentale du Tamil Nadu érigée en 1968 avec le soutien de l'Unesco pour devenir « le lieu d'une vie communautaire universelle, où hommes et femmes apprendraient à vivre en paix, dans une parfaite harmonie, au-delà de toutes croyances, opinions politiques et nationalités ». Prévue pour cinquante mille habitants, elle héberge aujourd'hui deux mille personnes d'une cinquantaine de nationalités. Je l'ai visitée, je me suis ennuyé.

Une forteresse danoise de 1620 se niche dans un paisible village côtier nommé Tranquebar. Peu d'étrangers viennent ici, on me demande si je suis danois. On me prend beaucoup en photo, alors qu'en théorie c'est tout de même moi le touriste.

Dans le Kerala, des lignes blanches sont tracées sur les routes et les motards portent des casques, ce qui est un indicateur pertinent du niveau de développement. Cet État se caractérise par son identité marxiste et sa tradition ayurvédique. Des drapeaux du PC local, régulièrement aux affaires, flottent un peu partout et le taux d'alphabétisation est le plus élevé du pays.

La science ayurvédique, elle, promet de rééquilibrer les énergies par diverses palpations savamment élaborées au fil des millénaires. Je suis avide de nouvelles expériences et surtout, je suis un gros dur. Aussi n'ai-je pas hésité quand on m'a proposé un massage « aux épices ». Cinq minutes plus tard, au prix de ma dignité, j'ai supplié le masseur d'interrompre mon calvaire. Imaginez un million de fourmis rouges qui vous arrachent la peau.

Le masseur officie dans un hôtel-retraite végétarien, non-fumeur, sans alcool, gluten free, où la télé est bannie, contrairement aux graines germées. L'établissement a été créé par un banquier d'affaires indien installé à Londres et qui est également maître yogi. C'est probablement une façon d'équilibrer son karma. C'est aussi une métaphore de cette Inde qui se fond dans la globalisation sans perdre de vue son patrimoine immatériel.

À Cochin, deux hommes me sautent dessus à la descente du train. Ils me supplient de jouer dans un film. J'accepte quand ils m'expliquent que mon rôle consistera à jouer le touriste au bord d'une piscine. Le long-métrage s'appelle *Husbands in Goa* et j'ai été coupé au montage.

À Sravanabelagola, je grimpe une volée de six cent quatorze marches taillées dans la roche pour pénétrer dans une enceinte qui dissimule rien de moins que la plus haute statue monolithe du monde, celle de Gomateshvara, fils du fondateur du jaïnisme, culte dérivé de l'hindouisme et réunissant une dizaine de millions de fidèles.

Les jaïns prônent le dépouillement et c'est sans doute pour cette raison que ce prophète est représenté nu. On aperçoit d'abord les pieds, entourés de lierre, puis les cuisses, et tiens, une bite, surmontée d'un torse puissant et d'une tête ressemblant à s'y méprendre à celle de Bouddha. (Bouddhisme et jaïnisme sont nés à peu près au même moment dans des conditions similaires.)

Les jaïns sont vegans depuis 500 avant Jésus-Christ, c'est-à-dire vingt-cinq siècles avant Greta Thunberg. Les plus fervents balayent devant leurs pas pour éviter d'écraser les insectes. Ils portent un masque pour ne pas avaler de moucherons – et également pour épargner leur haleine aux voisins, explique un guide le plus sérieusement du monde.

J'ai vu un tigre. Enfin, j'ai vu une forme qui bougeait dans un fourré à trois cents mètres et on m'a garanti que c'était un tigre. Le parc du Nagarhole est une ancienne réserve de chasse des maharadjahs de Mysore. À l'époque, ils shootaient les félins depuis leur véranda. Il y en avait pléthore. Aujourd'hui, il y en a moins, beaucoup moins.

Dîner avec un aristocrate parsi, cette fascinante communauté descendant des Perses anciens, connue pour sa pratique du zoroastrisme, le premier monothéisme recensé. Les parsis ont engendré l'empire industriel de la famille Tata dont les camions irriguent les routes indiennes, ainsi que Freddie Mercury dont les chansons unissent les foules. Ils sont aujourd'hui soixante mille dans un pays dont la population frise le milliard et demi. « Dans un siècle, nous aurons disparu », affirme mon interlocuteur.

Thiruvananthapuram se caractérise par son nom à rallonge, ses artères saturées, ses trottoirs défoncés, son boucan permanent et sa pollution moite. C'est une grande ville indienne : on n'a pas envie de s'attarder.

C'est la nuit et une procession religieuse interrompt le trafic. Des sâdhus cendrés à poil encerclent un trône doré dédié à Ganesh. Tiré par un tracteur, le dieu de la sagesse et du savoir se pavane devant les enseignes lumineuses des centres commerciaux pour m'engloutir dans cette sensation d'intemporalité qu'on ne trouve nulle part ailleurs sur cette planète. En Inde, chaque seconde est un trésor.

Sur les plages de Goa, une jeune femme de haute caste affirme que la seule chose qui lui manque, ce sont des boutiques de luxe. Pour trouver du Vuitton, on doit aller à Bombay.

Quelques hippies en descente se prélassent sur les coussins d'un café au mur duquel un écriteau proclame : « Happy ». Une vache se pointe au comptoir d'une échoppe de rue. Elle dit « meuh » et le commerçant lui glisse de la nourriture dans la bouche. Un moustachu me propose de la drogue. Non merci, mec. Pas besoin.

# En Iran, où l'on découvre l'ivresse des cimes

Je vous écris de Téhéran où, dès la sortie de l'aéroport, je suis accueilli par le regard sévère de l'imam Khomeyni pendant que la radio du taxi diffuse un morceau de George Michael à la flûte de pan.

La capitale de la République islamique est laide, tentaculaire et polluée. Dieu merci, la ville finit par se cogner sur des montagnes qui interrompent son expansion. Ne pas croire que l'Iran se résume à un vaste désert aride, le pays compte des dizaines de sommets dépassant les 4 000 mètres.

Il y a des salles de prière dans le métro. Il y a aussi des gamines de dix ans qui distribuent des poèmes dans les wagons, car quatre décennies d'obscurantisme chiite ne suffisent pas à détruire vingt-cinq siècles de civilisation perse.

Pour faire simple : dans le nord de Téhéran vivent les classes aisées, éduquées, libérales. Dans le sud, les masses conservatrices, religieuses, socle populaire du pouvoir. Au centre, il y a le bazar, où bat le cœur de la ville.

C'est un reportage sur les sports d'hiver qui m'amène ici. Je fréquente essentiellement des alpinistes. Tous les gens que je rencontre sont ingénieurs.

Tout est interdit, tout est possible. C'est le cliché le plus répandu sur l'Iran contemporain. Je vais avoir l'occasion de constater à quel point il est juste.

Au bout d'une rue, un téléphérique conduit à une station de ski. On est dans une ville de quinze millions d'habitants et, une demi-heure plus tard, on dévale les pentes. Désormais, les pistes pour hommes et pour femmes ne sont plus séparées.

Nous déchaussons pour marcher jusqu'au sommet de la montagne (3 942 mètres). Là-haut, dans la brume, se trouve un refuge où nous attendent quelques chiens. Une fois à l'abri, L., un camarade iranien, sort un thermos. Après cette petite randonnée, un bon café sera le bienvenu. Il me tend la tasse. Ce n'est pas du café. Il appelle ça de la vodka. Ce n'est pas de la vodka. C'est une sorte de gnôle. Bizarre mais pas mauvais. L. me ressert.

Puis il me ressert.

Nous glissons sur les flancs de la montagne, légèrement allumés, et le coton du brouillard se déchire pour nous offrir la caresse du soleil. De jeunes surfeuses dont les longues nattes dépassent du bonnet fument en écoutant du rap américain, langoureusement vautrées sur la neige. Pour les coquettes de Téhéran, la virée en station tient du défilé de mode. Impensable de skier sans être apprêtée comme pour une sortie en boîte de nuit. Sans doute parce qu'il n'y a pas de boîtes de nuit.

Au restaurant d'altitude, de grandes tablées réunissent les bourgeoises m'as-tu-vu et les austères familles traditionnelles intégralement vêtues de noir. L. verse un verre plein à ras bord de sa gnôle et me le refourgue sous la table. C'est gentil mais on est en public et je rappelle que la consommation d'alcool est passible du fouet.

– *Drink, hurry up !*

On ne refuse pas l'hospitalité. Cul sec. Ce fou furieux me ressert aussitôt.

– *Drink, hurry up !*

Il est 11 heures du matin, je suis ivre mort sur un télésiège avec vue sur la capitale de la République islamique d'Iran. J'aime tellement la vie.

De retour du ski, il est grand temps de boire un verre de vin chaud.

– Mais où vous fournissez-vous en alcool ?

– On peut en trouver facilement au marché noir mais comme il est tenu par des proches du régime, on préfère le fabriquer nous-mêmes.

R. avait une vingtaine d'années au moment de la révolution. Les mollahs avaient interdit les walkmans, cette invention satanique permettant d'écouter de la musique décadente. « J'avais toujours des cassettes du Coran sur moi pour me justifier quand je me faisais fouiller. En fait, j'écoutais Led Zeppelin et AC/DC. »

Sur les trottoirs de Téhéran nord, une jeune femme élancée avance tête nue, altière et déterminée. Un vieux bonhomme m'interpelle, désigne la fille et lève son pouce en guise de soutien. « *That's good, brave girl.* » Oui, elle est courageuse. Depuis quelques mois, des femmes enlèvent leur voile en public. Certaines vont en prison.

R. est hilare quand il évoque la tartuferie révolutionnaire. « À l'époque, Tintin était censuré parce que le capitaine Haddock buvait du whisky et que la Castafiore avait les bras nus. Franchement, pour penser que la Castafiore peut être un objet d'excitation, il faut être sacrément pervers. »

Dîner dans un immense appartement bourgeois. Dès qu'on est entre quatre murs, les camisoles capillaires disparaissent, les femmes dégoulinent de sensualité et on boit du vin de contrebande dans des bouteilles de soda en plastique. Sur l'écran de télévision, le guide suprême tient son discours dans l'indifférence totale de la tablée, qui se préoccupe surtout des conditions météo du lendemain en montagne.

La conversation dévie sur la littérature. F., étudiante et alpiniste, raconte sa découverte d'Orwell. « Quand j'ai lu *1984*, je ne l'ai pas seulement compris, je l'ai ressenti dans ma chair. Le mensonge permanent, la double pensée, le besoin de fabriquer des ennemis, le baratin totalitaire : on a passé toute notre vie là-dedans. »

La septuagénaire franco-iranienne, elle, a connu d'autres réalités. « En France, dans les années 1960, je n'avais pas le droit d'avoir un compte en banque sans l'accord de mon mari. En Iran, si. »

Dans le taxi avec F., le chauffeur protège sa passagère. « Remets ton voile, il y a les flics au carrefour. »

Chaque week-end, c'est la grande migration vers les hauteurs. La ruée vers l'air. La montagne permet de respirer, ici plus qu'ailleurs. Il n'y a pas de flics derrière les rochers et les amoureux peuvent s'aimer.

Pour accéder aux cimes paradisiaques, il faut franchir le purgatoire des embouteillages. Les hommes somnolent sur la banquette arrière. À l'avant, F. et son amie A. dansent sur leur siège et sur un morceau de R'n'B impérialiste aux paroles scandaleuses. Sur les panneaux, Khomeyni fait toujours la gueule.

À l'école d'escalade, une trentaine d'hommes et de femmes s'équipent en mousquetons, broches et crampons pour s'attaquer à la cascade gelée. Ici, c'est le port du casque qui est obligatoire. Je mémorise rapidement le mot *yakh* (glace), régulièrement hurlé pour annoncer la chute d'un iceberg. Le port du casque se révèle alors inutile, il faut esquiver.

Un peu à l'écart, trois femmes en tchador noir observent, médusées, les amazones de la glace partir à l'assaut de la falaise, le piolet conquérant et le gloss aux lèvres. Que peuvent-elles bien en penser ?

Je vais discuter avec les femmes corbeau parce que c'est un peu trop facile de se cantonner à la fréquentation des gens qui nous ressemblent. Elles sont un peu embarrassées ; elles ne s'attendaient pas à ça. La mère chaperonne sa fille boutonneuse, étudiante en physique nucléaire, qui m'affirme que c'est son choix de porter le voile. Merci de m'en informer mais je n'avais rien demandé. Elles finissent par m'inviter à déjeuner, ce que je considère comme une petite victoire pour l'humanité. Je dois hélas décliner, j'ai un reportage à boucler.

Je chausse les crampons et agrippe les piolets pour entamer une voie qui me semble facile. Je n'ai jamais fait ça mais ça ne doit pas être bien sorcier, il suffit de monter. Rapidement, mes biceps se transforment en flan et la hauteur me paralyse. Je dois être à une bonne vingtaine de mètres du sol. Une fois redescendu, je constate que j'ai gravi environ 3,50 mètres.

J'enlève mon baudrier, un gars me félicite et me tend sa gourde. Sa gourde de vin. J'ai commencé par trouver ça délicieusement saugrenu et transgressif, tous ces gens qui se prennent des cuites à la barbe des mollahs. Au bout du compte, je perçois moins de joie que de résignation dans cet alcoolisme-là.

Un jour, Catherine Robbe-Grillet, vieille maîtresse SM et veuve d'Alain, m'a raconté cette anecdote à propos d'un universitaire américain masochiste. L'homme recherchait un châtiment raffiné. Il s'est alors rendu en Iran et a ouvert une bouteille d'alcool dans un bus pour se faire arrêter et fouetter. Je ne peux pas garantir la véracité de cette histoire mais je pouffe à chaque fois que j'y pense. Bande de tarés.

À Téhéran, un homme m'aborde en anglais dans le métro.

– Excusez-moi de vous déranger, j'ai cru comprendre que vous étiez étranger. Je voulais m'assurer que vous étiez bien accueilli en Iran.

– Oh oui, très bien.

– Tant mieux. Voici ma carte de visite. Si vous avez le moindre problème, n'hésitez pas. Au revoir.

Les Iraniens et la montagne, c'est de l'histoire ancienne. Il y a mille ans, on gravissait déjà le mont Damavand, point culminant du pays à 5 610 mètres. De là à dire que les Perses ont inventé l'alpinisme, il n'y a qu'un pas que nous ne franchirons pas de peur de tomber dans la crevasse de l'information historique mal vérifiée.

Nouvelle virée en altitude, nouveau calvaire dans les embouteillages. Je fouille dans la boîte à gants de R. J'y déniche la compilation *Les Tubes de l'été 2013*. Dans l'habitacle résonne, à fond, le refrain du morceau *Quand il pète il troue son slip* de Sébastien Patoche. Je vous laisse imaginer la tronche que tire Khomeyni.

Dans la vallée en contrebas, les toits rouges et jaunes des maisons répondent au vert de la mosquée du village. Des chevaux broutent en liberté aux flancs de la montagne et nous arrivons devant la cascade de Nava, 150 mètres à pic, avec des passages très techniques.

Casquées et maquillées comme il se doit, F. et A. abordent la cathédrale de glace en premières de cordée. Elles affrontent les stalactites, les surplombs et quarante années de misogynie institutionnelle.

Je m'équipe pour tenter de les suivre – toujours rester au plus près de l'action. Je n'ai pas l'ambition d'atteindre le sommet, bien entendu, mais je grimpe, sans regarder en bas. J'enfouis la peur dans une zone reculée de mon cerveau, je tends tout mon être vers la prochaine prise et je recommence. Ruisselant de sueur, je me hisse jusqu'à la plateforme intermédiaire. Cinquante mètres d'ascension. C'est peut-être un détail pour vous.

La vue est encore plus belle quand elle est rehaussée par l'adrénaline de l'accomplissement. De l'autre côté de la vallée se dresse le Damavand. Avec ses pentes douces comme celles d'un Fuji-Yama, son ascension ne nécessite pas de compétences alpines poussées. Un jour, j'irai là-haut.

Après trois heures passées sur la paroi, les filles en viennent à bout. C'est une première. F. et A. redescendent, sourire épuisé et victorieux. Fierté du groupe.

Après une journée d'escalade sur glace, un bon bain dans les sources d'eau chaude du village. C'est là que j'ai failli crever, cuit dans une eau à soixante degrés. Les ablutions sont suivies d'un dîner roboratif. On ne m'autorise pas à me coucher sans avoir avalé des kilos de viande grillée et terminé mon dizi, sorte de cassoulet national aux fines herbes et au yaourt. Il ne faut jamais sous-estimer l'hospitalité persane. En deux semaines, je n'ai pas réussi à payer une seule fois au restaurant.

Je vous écris maintenant d'Ispahan, dont on dit qu'elle est la moitié du monde même si je ne comprends pas exactement ce que ça signifie. Pierre Loti et Nicolas Bouvier sont passés ici avant moi pour s'extasier sur le raffinement de l'art séfévide. Que voulez-vous que j'ajoute ?

À l'entrée de la mosquée, un groupe d'hommes engage la conversation. « Vous savez, nous on ne croit pas en Dieu. » Merci de m'en informer mais je n'avais rien demandé. Quant à moi, la grâce surnaturelle d'Ispahan me donne presque envie d'y croire.

Au bazar, un vendeur de tapis ressemble vraiment à Fernandel. Et ça, Pierre Loti ne l'avait pas remarqué.

Des jeunes femmes, nez refaits et lunettes Gucci, me demandent de poser à leur côté pour une photo qui alimentera leur Instagram – pas Facebook, censuré ici. Qu'il est doux d'être exotique.

La place Naghch-e Djahan a été rebaptisée place de l'Imam en l'honneur de vous savez qui. Ses proportions sont parfaites (je parle de la place, pas de Khomeyni), chaque centimètre de mosaïque est un chef-d'œuvre. En son centre, un combi Volkswagen reconverti en bibliobus présente des recueils de poésie persane médiévale.

Il y a aussi des vieux qui sifflotent, des oiseaux qui chantent, des familles qui pique-niquent, des gamines qui jouent au ballon, des cyprès qui en ont vu d'autres et des arcades qui mènent aux plus délicats des palais orientaux.

Je suis étendu sous le soleil d'une civilisation millénaire, une brise légère transporte mes songes et Omar Khayyam susurre ses vers à travers les siècles.

*Fuis prière et science et loi*
*Cela vaut mieux*
*Va trouver quelque frais minois*
*Cela vaut mieux*
*Avant que le Destin verse ton sang, viens, verse*
*Le sang clair de la vigne, et bois*
*Cela vaut mieux*

# En Azerbaïdjan, où l'on découvre que le rap a été inventé au Moyen Âge, en enquêtant sur un journaliste devenu héros national en mourant à la guerre

En sortant de l'aéroport Heydar Aliyev, on s'engage sur l'autoroute Heydar Aliyev. Quelques minutes plus tard, on emprunte une avenue rutilante au bout de laquelle se dresse le musée Heydar Aliyev. On passe sous l'ombre d'une statue de Heydar Aliyev, bras tendu vers l'avenir, on remarque le concessionnaire Ferrari voisinant avec une échoppe Gucci, puis on bifurque sur le boulevard Zarifa Aliyeva, épouse du précédent.

Heydar Aliyev est l'ancien président de l'Azerbaïdjan (1993-2003) et le père de l'actuel président (2003- ?), Ilham Aliyev. Un homme qui rend autant d'hommages à son papa et à sa maman ne peut pas être foncièrement mauvais.

La presse du pays ne s'y trompe pas. En feuilletant le principal quotidien, on constate qu'Ilham

Aliyev (puissant, serein, avenant) figure sur presque toutes les pages. Toujours un bon geste, toujours une pensée éclairante. Seule la rubrique météo se passe du président, ce qui est étonnant car il fait la pluie et le beau temps sur l'Azerbaïdjan.

Au moment de ma visite, le pays du feu et sa capitale Bakou, la ville du vent, s'apprêtent à accueillir en grande pompe les premiers Jeux européens. Certains ne manqueront pas de faire remarquer que l'Azerbaïdjan se situe en Asie (pour s'arrêter à ce genre de détail, il faut vraiment faire preuve de mauvais esprit). Soyons positifs, comme nous le conseille l'éditorial du luxueux magazine *Baku*, signé par sa rédactrice en chef, Leyla Aliyeva, la fille du président.

Oui, soyons positifs : le bon côté des choses existe. Bakou est une ville flambant neuve, d'une propreté fascinante (voire suspecte), où des familles gambadent paisiblement sur le front de la mer Caspienne, sous les portraits de Heydar Aliyev (regard profond, déterminé et bienveillant). Les stars de l'architecture se sont fait plaisir avec l'argent du pétrole. Voyez le Crystal Hall qui a accueilli l'Eurovision en 2012 (là, vous voyez bien qu'on est en Europe), non loin du deuxième plus grand drapeau du monde. Admirez les trois Flame Towers, étendard du pays dominant la capitale de leurs pyrotechnies spectaculaires à la nuit tombée. Ne ratez pas l'impressionnant Musée national du tapis (on ne peut pas le rater, il est en forme de tapis). Et n'oubliez pas de vous rendre à un concert au palais Heydar Aliyev. Voire, pour les plus curieux, de jeter un coup d'œil à la fondation Heydar Aliyev ou au complexe sportif Heydar Aliyev.

Ne pas croire que tout porte le nom de la famille ~~régnante~~ présidentielle. Sur le plan de Bakou, j'aperçois une rue Chingiz Mustafayev et je m'y rends d'un pas tranquille quoique volontaire car ce personnage est la raison de mon séjour en Azerbaïdjan. Maintenant que le décor est planté, je vais donc vous raconter :

## L'incroyable destin de Chingiz Mustafayev

Sur la maison natale de Chingiz Mustafayev, située dans la rue qui porte son nom, un bas-relief représente un homme jeune aux cheveux longs, caméra à l'épaule. Une plaque commémorative nous rappelle que ce garçon est, très officiellement, un héros national. Un être au destin hors du commun qui, durant sa courte existence, aura eu le temps d'être médecin, artiste précurseur, star de la télévision et reporter de guerre – le genre de destin qui nécessite le croisement d'une personnalité rare, de circonstances exceptionnelles et d'une bonne dose de tragédie. Durant ce voyage, j'ai cité le nom de Chingiz Mustafayev devant des dizaines de personnes. À chaque fois, on a hoché la tête avec admiration.

J'ai rendez-vous avec son petit frère, Seyfulla, un homme d'une cinquantaine d'années qui dirige ANS, une des principales chaînes de télévision du pays. Si les rues du centre-ville de Bakou sont clinquantes, le bâtiment tire plutôt sur le brejnévien avec ses moquettes marronnasses et son ascenseur brinquebalant. Seyfulla Mustafayev est un homme occupé mais visiblement heureux de prendre de son temps pour nous raconter la vie de son frangin.

Chingiz Mustafayez naît en 1960. Le père est un gradé de l'Armée rouge, il souhaite faire de Chingiz, son aîné, un galonné. À quinze ans, le fils est envoyé à l'école militaire de Bakou. La mère veut un docteur. Elle a finalement gain de cause quand le jeune Chingiz entame des études de médecine à dix-huit ans. Il deviendra médecin, avant d'être rattrapé par l'Histoire.

Au tournant des années 1990, le vacillement de l'URSS réveille les rancœurs nationalistes. L'époque est au chaos, la chute de l'Empire embrase le Caucase. Le Haut-Karabakh azerbaïdjanais est revendiqué par l'Arménie. La guerre éclate, des atrocités ont lieu des deux côtés. Le docteur Mustafayev s'improvise reporter et filme les combats au plus près. C'est un amateur mais il est doué. Surtout, il a des couilles en béton et un accès privilégié au théâtre des opérations, car il connaît les combattants du fait de son passage à l'école militaire lors de son adolescence.

Chaque semaine, ses reportages télévisés, qu'il commente sous la mitraille en jean et gilet pare-balles, montrent l'horreur à la nation. « Tout le pays le regardait. Chingiz est devenu incroyablement populaire, se souvient son frère. Il faut comprendre qu'on avait grandi sous l'URSS : les gens ne connaissaient pas le concept de journaliste engagé et courageux. C'était un patriote, un vrai, il aimait sa terre. » Lors des combats, Chingiz houspille les soldats qui fuient devant l'ennemi, les traite de gonzesses et les incite à retourner au front.

Le 26 février 1992, la bourgade de Khodjaly est martyrisée. Un massacre, des centaines de civils azéris sont assassinés – le nombre exact reste sujet à controverse. « Il pleurait en filmant les cadavres des femmes et des enfants mais il filmait. Il a été le seul à témoigner en images de l'événement. » Mustafayev rapporte la preuve d'un crime de guerre perpétré par l'ennemi. Document historique, impact politique considérable.

Chingiz est donc courageux. Trop courageux. Le 15 juin 1992, un éclat de mortier transperce sa cuisse. L'artère fémorale est touchée. Il se vide de son sang et s'éteint dans l'ambulance. La nation pleure, comme elle pleure tous les jours de cette sale guerre. « Là encore, il n'a pas éteint sa caméra : il a filmé sa propre mort », soupire son frère. Chingiz Mustafayev avait trente-deux ans, une épouse et un fils de huit mois.

En novembre de la même année, il est intronisé héros national – comme d'autres victimes du conflit, qui totalisera plus de cinquante mille morts. Il est enterré sur l'allée des Martyrs surplombant Bakou. Son tombeau le représente caméra à l'épaule. C'est l'image que la postérité nationale retient de celui qui n'aura été journaliste que durant huit mois de son existence. La postérité culturelle retient un autre aspect du personnage car : Chingiz Mustafayev est l'auteur du premier rap azerbaïdjanais.

Revenons aux années 1980. Mustafayev est un sémillant carabin, très actif socialement, membre de divers groupes de jeunesse. « Il était plein d'énergie, se souvient son frère. Il ne tenait pas en place. Il était charismatique, marrant, créatif, toujours à l'affût des nouveautés venues de l'Ouest. » À l'époque, l'accès à la culture occidentale ne coule pas de source. « L'URSS avait plus peur des Beatles que des missiles nucléaires », rigole Seyfulla. « Ils avaient raison d'avoir peur. Les Beatles ont plus contribué à l'effondrement de l'Empire que la bombe atomique. » Chingiz porte des jeans et les cheveux longs, il détonne dans le conformisme ambiant. Il a déniché un walkman

Sony, le premier du pays, et se balade avec son casque sur les oreilles. « J'avais un peu honte de me promener avec lui mais lui n'avait peur de rien, il n'avait pas la pudeur traditionnelle des gens d'ici. » Chingiz, libre dans sa tête. « C'était un symbole de l'indépendance d'esprit qui est devenu un symbole de l'indépendance nationale. »

Féru de musique, bon vivant, Chingiz organise des soirées. Il monte la première discothèque du pays, ouvre un bar nommé Sevinj (la joie). C'est à cette période qu'il enregistre *Dunenki Keçdi* (*Hier est passé*, vous aurez traduit par vous-même). Un morceau assez brouillon, du talk over sur un rythme funky bricolé. Du rap, indéniablement. Une curiosité historique.

Le titre date de 1983. C'est tôt pour une contrée située derrière le rideau de fer. Le *Rapper's Delight* de Sugarhill Gang, premier tube du genre, est sorti en 1979 aux États-Unis. « Chingiz se débrouillait pour avoir accès aux disques via les commerçants du quartier juif de Bakou qui parvenaient à les faire importer », explique son frère. Mais cette précocité s'explique autrement. « Quand le rap a débarqué ici, on a compris tout de suite de quoi il s'agissait car on avait déjà cette culture. Le rap, c'était comme notre meykhana. »

Pardon ? Votre quoi ? Quel est le rapport entre les Afro-Américains du Bronx et l'Azerbaïdjan sous emprise soviétique pré-perestroïka ?

Wikipédia répond : le meykhana est un genre littéraire et musical typiquement azerbaïdjanais où les artistes improvisent oralement sur un sujet particulier, en vers et en rythme (ce qui le distingue du spoken word). Quelqu'un lance une strophe, le suivant doit enchaîner du tac au tac. On défie ses rivaux et on n'hésite pas à les vanner.

Par saint James Brown, c'est exactement le principe de la battle hip-hop. Il faut réécrire l'Histoire : on oublie Afrika Bambaataa, le rap game est né dans le Caucase.

Les origines du meykhana remontent aux temps médiévaux. Le mot est issu du perse signifiant « maison de vin » (taverne, quoi), lieu où les poètes exerçaient leur talent. On décèle aussi l'influence lointaine des derviches tourneurs, le meykhana s'appuyant sur un principe de répétition et des spirales rythmiques rappelant l'effet toupie des danseurs de l'ordre soufi.

Sous l'Union soviétique, sa pratique est clandestine, les autorités ne voyant pas d'un bon œil ce mode d'expression libre et spontané. Après l'indépendance, le meykhana connaît un regain, les concours télévisés deviennent monnaie courante. Il est toutefois critiqué par les conservateurs et les fondamentalistes religieux (peu nombreux dans ce pays chiite et laïc) car il n'est pas rare que les textes évoquent le sexe ou l'alcool. Bref, c'est un art populaire, passé de l'underground au mainstream, qui conserve des relents sulfureux déplaisant aux censeurs de toutes obédiences. Là encore, l'analogie avec le hip-hop est valide.

Armé de mon scoop, je me faufile pour rencontrer quelques artistes du genre (Wikipédia, c'est pratique mais il vaut mieux vérifier et rien ne vaut le live). La taverne est fermée quand j'arrive, je parviens toutefois à dénicher quelques adeptes sur une terrasse. Autour d'une table en plastique, de jeunes hommes boivent du thé en enchaînant les clopes, chemise bien mise, cheveux drus et sourcils fournis. Parmi eux, Zaur Alatavali, professionnel depuis une dizaine d'années. « Le meykhana vient du cœur mais il faut avoir le cerveau qui fonctionne bien, être cultivé, connaître la poésie traditionnelle, avoir du vocabulaire. Ça s'étudie. C'est plus codifié que le rap en termes de métrique. Il faut savoir faire rire, pleurer, réfléchir. Peu de gens ont ce talent. On peut aborder toutes sortes de sujets. L'amour, les soucis de tous les jours, la chronique du quotidien. » Une petite démonstration, les gars ? L'assemblée se lance, sans musique. On rythme (6/8) en tapant sur les tables, les strophes tourbillonnent, on se renvoie la balle avec des vagues d'intensité, je ne comprends pas un traître mot, mais ça sonne comme, disons, de l'archéo-rap unplugged.

La veille, j'étais en studio avec quelques rappeurs bakinois, membres des crews Synaps et Caspian Clan. À leurs yeux, Chingiz Mustafayev représente davantage une figure historique qu'une influence artistique. Dayirman, une des vedettes de la scène locale, a cependant rendu hommage à Mustafayev en le samplant sur un de ses titres phares, un morceau nationaliste sur la guerre du Haut-Karabakh. On y entend les pleurs du reporter dans son film sur le massacre de Khodjaly.

Avec leurs casquettes et leurs tatouages, les rappeurs du coin ont adopté les codes hip-hop universels. Ils ne ressemblent pas aux tchatcheurs du meykhana. Les uns et les autres savent que leurs univers sont perméables mais, des deux côtés, on s'en tient à sa chapelle ; on ne se mélange pas trop.

J'ai demandé à tous ces artistes quelle était leur marge de manœuvre en termes de liberté d'expression. Ils ont, invariablement, fait semblant de ne pas comprendre ma question. On élude. Un intellectuel local, dont je préserverai l'anonymat, résume : « Nous sommes obligés de nous autocensurer. Nous connaissons les lignes rouges. »

Je quitte Bakou et le paysage se modifie. La monotonie aride des environs de la capitale s'estompe, l'Azerbaïdjan verdit petit à petit en prenant de l'altitude. Les artères clinquantes font place aux routes peuplées de troupeaux de moutons, les Mercedes aux Lada chargées de meules de foin. « Ne crois pas ces nouveaux bâtiments, ce n'est que du maquillage », me disait l'intellectuel. Me revient aussi la phrase d'un expatrié travaillant dans la construction : « L'Azerbaïdjan, c'est *The Truman Show.* » La seule constante quand on s'enfonce dans le pays, c'est la présence de Heydar Aliyev dont les glorieux portraits sont agrémentés de citations rappelant son dévouement à la patrie.

Arrêt dans un village. De la musique, une fête en plein air. C'est la circoncision d'un adolescent du coin. Des enfants sautillent parmi des édentés au teint hâlé et d'éternelles babouchkas qui n'ont jamais mis les pieds dans une boutique Gucci. Un orchestre approximatif accompagne des hommes qui se relaient pour balancer leur flow sous les vivats et les rires des invités réagissant aux punchlines : c'est du meykhana. Du brut, du rural.

En remontant vers le nord du pays, on remarque des baraquements à l'écart de la route. Ils abritent des réfugiés du conflit. Huit cent mille délogés dont on ne sait pas trop quoi faire depuis tout ce temps. Les reloger définitivement reviendrait à accepter la perte de l'enclave du Haut-Karabakh (15 % du territoire azerbaïdjanais d'avant-guerre) occupée par les Arméniens. C'est « une douleur nationale », résume une source politiquement correcte. Le conflit est gelé par l'armistice de 1994 mais toujours pas résolu en cette année 2015. Des escarmouches éclatent à l'occasion. Le ressentiment anti-Arménie est savamment entretenu pour exalter le nationalisme et voter comme il faut (Ilham Aliyev a été réélu en 2018 avec 86 % des voix). Comme tous les héros nationaux, Chingiz Mustafayev joue, depuis sa tombe, un rôle dans ce patriotisme officiel.

Arrivée à Sheki, petite ville joliment engoncée dans un écrin forestier. Le héros national y passait les vacances de son enfance. Au Chingiz Mustafayev Club, un musée lui est consacré. « C'était un leader-né. Les gens le trouvaient parfois bizarre, mais tout le monde l'adorait », commente sa cousine, gérante du lieu, devant les photos exposées. Chingiz joue du piano, Chingiz rigole entouré de ses amis en discothèque, Chingiz pousse la chansonnette. Chingiz filme des militaires. Chingiz charge un obus sur un camion. Chingiz avale sa tambouille le jour de sa mort. Une vie qui défile en quelques images, celles d'un jeune premier rieur dont le regard s'assombrit dans le tragique. Chingiz est beau, un côté Javier Bardem, une aura virile et bienveillante. Les filles devaient fondre pour lui.

Je rencontre deux de ses amis de jeunesse. Ils sont vraiment émus à son évocation et me déroulent eux aussi le couplet du gamin énergique, brillant, toujours prêt à aider et doté d'un sens aigu de la justice. Personne pour lui trouver un défaut. Peut-être n'en avait-il pas. Peut-être n'est-il pas de bon ton d'émettre la moindre critique sur un héros national. Que serait devenu ce type aujourd'hui ? Un journaliste, un artiste, un politique ? Serait-il resté un esprit libre dans un pays qui ne l'est pas ?

Halte. Un barrage policier en revenant vers Bakou. Le chauffeur discute longuement avec le flic, j'imagine qu'il négocie le bakchich. Pas du tout, m'explique-t-on. Une nouvelle loi vient de passer : les rideaux entre le conducteur et le passager sont désormais interdits dans les voitures. On n'a pas si souvent l'occasion d'employer l'adjectif « ubuesque » à bon escient. Je convoque Alfred Jarry et je ris. Puis je repense à mon intellectuel qui a passé quelques mois en prison pour avoir écrit un truc de travers et qui me disait n'avoir « absolument aucun espoir » quant à l'avenir de son pays. Le chauffeur écarte les rideaux du véhicule et j'ai un peu moins envie de rire.

Voilà, c'est la fin de cette aventure dans le Caucase. J'ai croisé des héros morts, des rappeurs vivants, des poètes ancestraux, des policiers tatillons, des moutons et des bienfaiteurs de la nation. Ce n'est pas ce que j'avais envisagé au départ. Pas grave. Il peut s'avérer judicieux d'ignorer ses propres plans. Ce périple et ce texte sont partis dans tous les sens, comme la vie de Chingiz Mustafayev. Ça me va comme ça, je préfère une quantité raisonnable de désordre au contrôle permanent. Gloire à la dictature de l'imprévu.

# Interlude, où l'on parle sept milliards de langues

Au printemps 1274, Marco Polo et son expédition chevauchent à travers les steppes d'Asie centrale. Ils sont partis depuis trois ans et les vivres commencent à manquer. Ils n'ont pas mangé depuis plusieurs jours quand ils aperçoivent un village. Les autochtones intrigués ne tardent pas à entourer la troupe du Vénitien.

– Bonjour, nous sommes des voyageurs venus en paix.

– Qu'est-ce qu'il dit ?

– Je sais pas, je comprends rien aux sons qui sortent de sa bouche.

– Nous vous demandons l'hospitalité. Nous sommes épuisés et il nous reste un sacré bout de chemin jusqu'à la cour du Khan. Et après, on va y rester dix-sept ans avant de rentrer chez nous. Donc, vous voyez, il faudrait que l'on prenne des forces.

– Si ça se trouve, il parle mal de ta mère.

– Tu crois ?
– Dans le doute, on va lui défoncer la gueule.

Cet épisode, pour fictif qu'il soit, aurait très bien pu avoir lieu. Dans ce cas de figure, Marco Polo, pour cause de mort prématurée, n'aurait pas pu rentrer à Venise et se la raconter avec son *Livre des merveilles* – le premier succès de littérature de voyage. Au lieu de ça, Marco séjourna un temps à Ganzhou, où il apprit, dit-on, à parler ouïgour, ce qui facilita considérablement la suite de ses aventures. Pour un Marco Polo, combien d'aventuriers se sont perdus en route, égarés faute de compétences linguistiques, disparus sans laisser de traces dans le panthéon des vagabonds ?

Dans la même idée, on peut imaginer Cortés débarquant sur les plages mexicaines et s'adressant aux indigènes :

– Bonjour, je viens détruire votre civilisation. Est-ce que vous pourriez m'indiquer le chemin des mines d'or et des femmes à violer ?

– Qu'est-ce qu'il dit ?

– Je sais pas, je comprends rien aux sons qui sortent de sa bouche. Il veut peut-être faire une belote. Amenons-le à la capitale.

On pourrait croire de telles mésaventures impossibles de nos jours : nous disposons d'une langue véhiculaire. Mais il y a encore quelques milliards de personnes qui ne parlent pas anglais sur cette planète. Tout baroudeur a expérimenté une tentative de communication avec un type du bout du monde qui n'a pas le bon goût de parler la langue de Paul McCartney. Cette situation absurde entre votre interlocuteur, honteux de ne pas saisir votre requête (« À quelle heure passe le bus ? »), et vous, grotesque, mimant le bus (« Vroum »).

Scène vécue en Chine, plus de sept siècles après le passage de Marco Polo. Je monte dans un taxi en indiquant ma destination sur une carte, car je ne maîtrise pas le mandarin. Le chauffeur ne saisit pas. Je pointe mon doigt avec insistance vers l'avant, pour faire comprendre, de manière me semble-t-il assez claire, que je veux aller tout droit. Le taxi ne démarre pas. C'est un échec. Il est désolé, moi aussi. Spectacle de deux êtres humains bienveillants mais désemparés par le constat de leurs limites, l'impossibilité de leur mise en relation. Je sors du taxi en me résignant à une longue marche.

Autre scène vue en Chine, quelques jours après l'épisode précédent : un touriste allemand et un chauffeur de taxi en viennent aux mains parce qu'ils n'ont pas réussi à se comprendre sur le montant de la course. Ce type de désagrément risque de se reproduire tant que les niveaux de langue n'auront pas fait un grand bond en avant. On peut d'ailleurs poser l'hypothèse que, si Marco Polo a réussi au pays du Khan, c'est qu'il partait avec l'avantage de l'Italien habitué à parler avec les mains.

Le langage du corps a toutefois ses limites, comme le sait toute personne ayant posé un pied en Inde, pays où le balancement de tête qu'on peut facilement interpréter comme un « non » signifie « oui ». Nous, Français, haussons les épaules pour dire « bof » ou « je ne sais pas ». Nos interlocuteurs ne voient alors qu'un type qui hausse les épaules.

Même l'anglais, notre esperanto contemporain, tiraillé par ses innombrables accents, peut être source de malentendus.

Souvenir de courses chez un épicier indien dans une ville du Yorkshire :

– *I would like some tea, please.*

Visage perplexe de mon commerçant. La simplicité de ma requête ne laissait pourtant pas présager le quiproquo.

– *Tea. Do you have some tea, please ?*

Je montre la boîte de Lipton derrière le comptoir. Mon sikh explose d'un rire qui menace de faire tomber son turban.

– *Ha, ha, ha. You mean tea, right ?*

Je prononce « ti », lui « teeeaaa » : un gouffre nous sépare.

Dans le même registre, il m'est arrivé de faire répéter trois fois un Australien bourru me demandant : « *How are you ?* »

Penchons-nous maintenant sur le cas complexe de l'ironie, procédé susceptible de désarçonner deux locuteurs partageant la même grammaire. Formuler quelque chose pour faire entendre l'inverse est certes un principe un peu tordu, mais il est fréquemment utilisé dans nos contrées, l'ironie étant à la fois la maladie et l'antidote de l'Occidental orphelin du sacré. C'est une posture existentielle qui en vaut une autre ; c'est surtout une langue propre, à manier avec précaution.

Conversation avec un pêcheur sur une île des Kiribati, au beau milieu de l'océan Pacifique :

– Je suis rentré complètement saoul chez moi hier soir.

– C'est ta femme qui devait être contente.

– Ah non, elle était furieuse.

Pour utiliser l'ironie à bon escient, il faut garder en tête le théorème suivant : plus on s'éloigne des centres urbains et plus le niveau de vie baisse, moins l'ironie est opérante.

Que conclure de cette typologie de l'embrouille ?

Ceci : il y a sept milliards de langues sur notre planète. D'où la sidérante incapacité des hommes à se dire qu'ils s'aiment, ou au moins qu'ils ne se veulent pas de mal. Ce serait simplement amusant, au pire désagréable, si la communication défaillante n'était source de tant de violence.

Dans la Genèse, tous parlaient la langue adamique unificatrice avant qu'un Dieu de mauvaise humeur ne s'agace des ambitions architecturales et grégaires de l'humanité. La punition divine, c'est la zizanie, le brouillage. Dieu détruit la tour de Babel car les hommes menacent de rejoindre le ciel et de concurrencer le Créateur. (C'est en tout cas l'interprétation la plus répandue. Car l'Ancien Testament est un ouvrage polysémique, sujet à de nombreuses exégèses parfois contradictoires. Il n'est pas interdit de penser que les rédacteurs du texte biblique, conscients de la confusion présente dans le Livre, ont justement décidé de l'illustrer en racontant une histoire de confusion, dans ce qui serait alors une des premières mises en abyme littéraires.)

Voilà pour la mythologie.

Le voyageur, convaincu que la connaissance passe par l'expérience du terrain, se pose la question suivante : où situer Babel, aujourd'hui, sur une carte du monde réel ?

Quelque part en Océanie, peut-être, si l'on entend le concept dans le sens d'une altérité profuse. C'est au Vanuatu qu'on trouve la plus forte densité linguistique. Deux cent trente mille personnes se partagent cent huit idiomes, sans intercompréhension. Significativement, il s'agit d'un pays sous-développé. Car Babel se contracte dans la globalisation. « Le divers décroît » : les trois mots de Segalen en disent long. Une langue disparaît toutes les deux semaines. Et les deux plus usitées sont celles des grands empires du XXIe siècle, le mandarin et l'anglais, empires dont la domination s'exprime dans la mégalomanie architecturale.

Babel, entendu au sens de l'arrogance prométhéenne des hommes, prend forme dans nos villes, additions des solitudes où des millions de gens se connaissent si mal. Alors qu'un nouvel ordre émerge, nous sommes témoins d'une grande compétition d'urbanisme phallique. Les prétentions érectiles des Chinois dressent une tour de 500 mètres à Shanghai ? Les Arabes répliquent à Dubaï en bâtissant jusqu'à 828 mètres. Les Américains, qui ont vu la parabole biblique se concrétiser dans le kérosène un matin de septembre, sont revenus dans la course avec leur nouveau One World Trade Center (1 776 pieds, soit 541 mètres). Pour ne pas se laisser distancer, les Saoudiens se sont lancés à l'assaut du ciel, visant le kilomètre au sommet de la Kingdom Tower. Autant de Babel contemporaines érigées par et pour le business, une langue universelle dont chacun comprend l'arrogance. Les financiers dirigent un monde fragmenté en jonglant avec des algorithmes. Pendant ce temps, les écrivains, qui tentent d'ordonner l'univers armés de leur seule grammaire, n'intéressent plus guère. Les chiffres triomphent et les mots s'affaiblissent dans la cacophonie générale. Leçon d'humilité pour l'auteur confronté à l'incroyable diversité de réception de ses écrits. « J'ai adoré le chapitre qui se passe en Bolivie », m'expliquait un gentil lecteur, auquel je n'ai pas eu le cœur de répondre qu'aucun de mes livres ne se déroule en Bolivie. Des anecdotes de ce calibre, chaque romancier en a en stock. Le niveau d'entropie syntaxique est effroyable. Un même paragraphe peut être jugé à la fois cynique et naïf, hilarant et morose. La littérature est un objet quantique. On n'échappe pas à la déperdition du signal.

J'espère que je me suis bien fait comprendre.

# À l'île Maurice, avec Le Clézio et des pédalos

Je vous écris de l'île Maurice, l'un des plus petits pays à avoir enfanté un Prix Nobel de littérature, en la personne de Jean-Marie Gustave Le Clézio. Certes, il y a aussi Sainte-Lucie (Derek Walcott, 1992) et l'Islande (Halldór Laxness, 1955) mais concentrons-nous sur le sujet, si vous le voulez bien. JMGLC, franco-mauricien et lauréat 2008 de l'Académie suédoise, a choisi l'île de ses origines comme cadre de son roman *Alma*, que je me suis procuré à Orly avant de me propulser vers l'océan Indien, histoire de synchroniser les mouvements de mon corps et ceux de mon cerveau.

Maurice, j'y suis déjà allé : c'est tellement beau qu'on dirait un pays de fiction. Le Clézio, je ne m'en étais jamais vraiment approché. Écrivain voyageur pourtant, mais patrimonial, et donc vaguement poussiéreux dans mes préjugés.

J'ouvre l'ouvrage et me laisse emporter par les pérégrinations de deux personnages éloignés bien qu'issus de la même grande famille de planteurs. L'auteur brasse la mémoire de l'ancienne Île-de-France, devenue une île-monde où se sont fondues les cultures venues d'Inde, de Chine, d'Afrique et d'Europe. On entend dans ces pages les accents créoles, les cris des esclaves, le chant d'une nature édénique. On tend l'oreille, on n'entend pas le dodo, oiseau aujourd'hui disparu, muet. Le Clézio fait sonner des mots comme « corbijou » ou « tambalacoque » (merci). Il nous présente des jeunes voyous, des vieilles excentriques et des petites putes. Il entraperçoit le fantôme de Joseph Conrad. Au fil du récit, le passé se heurte à ce présent où la canne à sucre, hégémonique visuellement, ne vaut plus grand-chose, où les spéculations immobilières font pousser marinas, centres commerciaux et palais touristiques au bord de l'eau.

Pendant que je feuillette *Alma*, ma voisine de transat profite de ses vacances pour lire *Le Grand Guide du responsable qualité*. À ses côtés, un Anglais bedonnant et tatoué commande une nouvelle bière face à l'océan parcouru de pédalos et de paddles crachés par la base nautique de l'hôtel dont la formule all inclusive permet de se cuiter au soleil sans hésitation budgétaire. Un enfant eurasien découvre la poésie de l'éphémère en construisant ses premiers châteaux de sable, sans connaître sa chance. Demain, les habitants de cette plage tarifée partiront en excursion pour voir batifoler les dauphins à Rivière Noire, ils iront admirer les nénuphars du jardin de Pamplemousse ou visiter le marché de Port Louis, la capitale au large de laquelle stationnent les cargos de la mondialisation.

Je suis un touriste dorloté dans un palais au bord de l'eau. Tout est simple, à part s'extirper du ghetto quatre étoiles. Je m'évade en égrainant les toponymies merveilleuses chantées par la carte de l'île. Curepipe, Flic en Flac, Trou aux Biches, Yémen, montagne Cocotte, Cachette, Bar le Duc (oui), Poudre d'Or Hamlet, Mam' zelle Jeanne, Buttes aux Papayes, Sottise, Fantaisie. Et Alma.

« Dans une île, le hasard n'existe pas », affirme le romancier. Je referme le livre pour plonger dans une somnolence idéale. On dit que le silence qui suit Mozart est encore de Mozart. Comme on s'endort en lisant Le Clézio, les rêves qui suivent sont encore de Le Clézio, doux, mélancoliques et nimbés de lumière.

# À Zanzibar,
## où l'on négocie avec la police

Je vous écris de Zanzibar et il y a trois choses à savoir sur cette petite île baignant dans l'océan Indien à quelques encablures de la côte tanzanienne :

– Elle a longtemps été le premier producteur mondial de clous de girofle.

– Elle fut pendant des siècles la plaque tournante de l'esclavagisme arabo-persan.

– Stone Town, sa capitale, est le lieu de naissance de Freddie Mercury.

Voilà ce que vous pourrez lire dans n'importe quel guide de voyage. Ce qu'on ne vous dira pas, en revanche, c'est que les hôtels semblent tenus de diffuser *Bohemian Rhapsody* dix-neuf fois par jour. Hôtels où, la plupart du temps, la sécurité est assurée par d'authentiques guerriers massaï, costume traditionnel et machette au flanc, qui saluent le client d'un chaleureux « *Jambo, tutto bene ?* » produisant un exotisme incongru dans ces contrées swahilies.

Désagréments somme toute mineurs quand on évolue en territoire touristique balisé. Il suffit d'un pas de côté pour s'en affranchir. Enfourcher un scooter, sillonner l'île et traverser ses villages. Il n'y a rien de plus absorbant que de regarder défiler la vie sur une route africaine. Je roule depuis une centaine de mètres, je suis déjà bien absorbé, quand un policier me fait signe de m'arrêter. Tout va bien, j'ai prévu des petites coupures. Le flic me demande mon permis, avant de m'expliquer que je suis censé détenir une autorisation spéciale (c'est faux, je suis en règle). Puis il m'informe que je n'ai pas actionné mon clignotant avant de me garer quand il m'a intimé l'ordre de me garer. Ce qui constitue une double infraction. Bien. Le gars n'a pas l'air très sûr de lui, il tourne autour du pot. Il est jeune, rondouillard, pas le mauvais bougre, de toute évidence. Il a simplement besoin d'améliorer son modeste salaire. Crache le morceau. Je te file ma monnaie et je me barre. J'ai une île à parcourir, moi.

– Vous devrez aller au tribunal la semaine prochaine.

C'est ça, ouais. Accélérons le mouvement :

– Monsieur l'agent, n'y aurait-il pas un autre moyen de régler ça ?

– Eh bien, vous avez aussi la possibilité de payer une contravention immédiatement.

Tu vois, quand tu veux.

– À combien pourrait s'élever cette contravention ?

Soudain, il prend confiance.

– Deux cent cinquante dollars.

Il m'a pris pour un Américain.

– Vous commencez trop haut, monsieur l'agent, ce n'est pas crédible. Je vous rappelle que je suis en règle.

– Heu, cent alors.

Je ne réponds rien, je me contente de lui offrir une expression faciale signifiant : « T'es sérieux ? »

– Dix dollars ? tente-t-il d'un air suppliant.

J'ai fini par lui donner deux dollars, qu'il a accueillis avec soulagement et gratitude.

– Merci, bon séjour !

Mais c'est moi qui te remercie, cher policier voleur, tu m'as donné de la matière pour ma chronique. Je m'en fous, moi, de ces deux dollars. Ce n'est pas le cas du serveur de l'hôtel, un garçon qui en gagne soixante-dix par mois. Il les sent douloureusement passer, lui, les petits rackets quotidiens de la police. Quand je lui raconte ma mésaventure, il soupire, fataliste et souriant :

– C'est ça l'Afrique. Qu'est-ce qu'on peut y faire ?

## À Johannesburg, où l'on craint d'apercevoir le futur

Je vous écris de Johannesburg, qui est la plus grande ville au monde à ne pas être située sur un cours d'eau ou un littoral. En général, quand on pose les fondations d'une cité, on choisit un endroit où il y a de la flotte, histoire de survivre. Pas ici. La ville s'est développée car on y trouvait une matière qui aux yeux des pionniers revêtait plus d'importance : l'or. Le gisement du Witwatersrand a été découvert en 1886. En 1887, la ville-champignon disposait déjà d'une Bourse.

Aujourd'hui, Joburg est une ville de poussière, celle que le vent transporte depuis les talus des mines pour étouffer des habitants déjà écrasés par le poids de l'Histoire.

C'est une ville de gratte-ciel vieillissants, de ghettos célèbres, de malls aseptisés, de quartiers délabrés et de lotissements barbelés. C'est une ville riche. La plus riche d'Afrique du Sud. La plus riche d'Afrique tout court, 10 % du PIB du continent est généré dans l'agglomération.

Le gouffre des inégalités façonne l'atmosphère urbaine, la manière de se déplacer, d'interagir, de se parler. Je n'ai pas l'habitude de céder aux alarmistes quand je débarque quelque part. Le monde s'avère en général moins dangereux que ne le prétend la rumeur. Ici, j'ai quand même pu constater qu'aucune voiture ne s'arrêtait aux feux rouges la nuit dans le centre-ville, où errent des hordes de zombies en haillons. Il y a aussi eu ce moment où le vigile m'a littéralement interdit de sortir du bar avant que mon Uber ne s'arrête pile devant la porte. On ne se déplace pas à pied quand le soleil est couché.

Je n'avais qu'une quarantaine d'heures pour humer cette zone métropolitaine de huit millions de personnes. C'est peu. Aussi ai-je opéré un choix radical : j'ai pris un bus touristique. Oui, le bus rouge à impériale avec l'audioguide, qui s'arrête dans les lieux incontournables. Ce n'est pas si mal.

En un temps record, j'ai pu :

– Monter au sommet du Carlton Centre, la plus haute tour d'Afrique (223 mètres).

– Découvrir le musée de l'Apartheid, où le visiteur se voit attribuer, au hasard, une couleur de peau qui le conduira à suivre un parcours « white » ou « non white » pour ressentir physiquement l'effet de la ségrégation (spoiler : c'est pas très marrant).

– Arpenter Constitution Hill, ancienne prison aux détenus célèbres (Mandela, Gandhi) où brûle aujourd'hui la flamme de la démocratie avec le préambule de la Constitution de 1996 gravée dans le marbre :

*We, the people of South Africa,*
*Recognise the injustices of our past ;*
*Honour those who suffered for justice and freedom in our land ;*
*Respect those who have worked to build and develop our country ; and*
*Believe that South Africa belongs to all who live in it, united in our diversity...*

Je n'ai pas eu le temps d'aller à Soweto mais je me suis promené dans les quartiers gentrifiés, avec lofts, galeries d'art et microbrasseries, comme à Maboneng, où l'on marche dans la rue, où noirs et blancs cohabitent tranquillement dans les cafés diffusant Miriam Makeba. J'ai cru y remarquer une sur-politesse dans les rapports interraciaux. Une façon de dire « bonjour » qui signifie « bonjour, je ne suis pas raciste ». Ce qui m'a semblé rassurant à l'heure où les tensions communautaires connaissent un regain de mauvais augure. Saint Nelson Mandela est célébré partout mais son héritage réconciliateur est contesté par les nouvelles générations. Une journaliste d'un grand quotidien m'a expliqué calmement qu'il fallait exproprier les fermiers blancs. Un de ses collègues estimait de son côté qu'il fallait foutre dehors tous ces Zambiens, Zimbabwéens et autres Nigérians qui venaient bouffer le pain des Sud-Africains.

Je quitte sans grand regret cette mégalopole à la fois prospère et misérable, taillée par les douleurs du passé et régie par la peur, où les enclaves d'espoir peinent à faire oublier un air irrespirable. Si j'étais de mauvaise humeur, je dirais que Johannesburg ressemble au monde de demain.

# Au Swaziland, où l'on assiste à la danse des cent mille vierges

« *Happy birthday, Your Majesty* »

On ne peut pas rater ce panneau 4 × 3 mètres planté au bord de la route, qui étale à la vue du plus grand nombre la photo d'un homme drapé d'un pagne et à la chevelure ornée de trois jolies plumes rouges. Le roi Mswati III, souriant de ses yeux doux, reçoit les hommages publicitaires de la nation. Sa Majesté fête ses cinquante ans et son année de naissance coïncide avec celle de l'indépendance du Swaziland. Pardon, du Eswatini. Car il ne faut plus l'appeler Swaziland, ce petit pays coincé entre l'Afrique du Sud et le Mozambique, qui abrite la dernière monarchie absolue d'Afrique. À l'occasion des célébrations du cinquantenaire de la décolonisation en avril 2018, le roi, vêtu ce jour-là d'un uniforme militaire rouge et or, a tranquillement annoncé le changement de nom du pays. « On ne s'y attendait pas. Il a décidé ça tout seul, sans prévenir personne. Notre roi est un visionnaire », affirme Lucky, un chauffeur de taxi, extatique à l'évocation de son souverain. Ce roi, tout le monde l'aime, en public.

Que sait-on du ~~Swaziland~~ Eswatini ? L'ancien protectorat britannique est connu pour le style tapageur de son monarque, qui ne se déplace jamais sans son escouade de voitures de luxe lui permettant de transporter sa petite quinzaine d'épouses de luxe. Ce territoire d'un million quatre cent mille habitants, de la taille de la Franche-Comté, est aussi connu pour un triste record, celui de la plus faible espérance de vie au monde (environ cinquante ans), dû aux ravages du sida et de la pauvreté.

Chaque année, début septembre, le ~~Swaziland~~ Eswatini attire brièvement l'attention des médias internationaux au moment de l'Umhlanga, la danse des roseaux. Vitrine folklorique de la nation, cette cérémonie voit converger des dizaines de milliers de jeunes vierges vers la résidence royale de Ludzidzini, où elles sont invitées à danser en tenue traditionnelle devant Sa Majesté. En tenue traditionnelle : seins nus. C'est un axe majeur de la communication touristique du pays.

On est agréablement surpris en arrivant à Mbabane, la capitale de cent mille habitants. Le pays végétant dans le tréfonds du classement de l'indice de développement humain, on redoutait un tableau de désolation. Or, la ville est proprette, agréable, dynamique. Les rues sont sûres, et l'atmosphère, paisible. Des centres commerciaux et des supermarchés rutilants à foison. Des librairies religieuses et des commerces indiens, où l'on n'a aucun mal à trouver des vêtements à l'effigie du roi. Des passants scotchés à leur téléphone, comme partout. Des jeunes qui se pressent au KFC. Un Hilton flambant neuf, pas encore ouvert. Et des panneaux brandissant leur injonction : « *Enjoy first world living* ». La classe urbaine swazie a soif de consommation.

Voilà pour la capitale. On décide de se rendre à Mpisi, au centre du pays, où sont réunies les imbalis, les vierges préparant leur défilé en ces derniers jours du mois d'août. Nous traversons des paysages montagneux et verdoyants, sur des routes impeccables et sous un climat clément. Nous atteignons Manzini, la plus grande ville du pays, où des usines textiles taïwanaises emploient des ouvrières payées cent euros par mois pour dix heures de travail par jour. Dans les rues, une campagne publicitaire omniprésente incite la population à voter pour des élections législatives qui ne servent pas à grand-chose. Les partis politiques sont interdits et les candidatures doivent être validées par le pouvoir afin de constituer une assemblée au rôle essentiellement ~~décoratif~~ consultatif : le roi gouverne par décrets et il nomme les ministres, juges et hauts fonctionnaires.

On poursuit notre chemin longeant les champs de canne à sucre, principale ressource agricole, et on aperçoit le chantier d'une autoroute (financée par le Koweït) qui mènera au King Mswati III International Airport. (Je vais vous demander un petit effort : imaginez un Aéroport international Emmanuel Macron en France). Ouvert en 2014 et étrangement situé à deux heures de la capitale, l'aéroport surdimensionné ne tourne pas vraiment à plein régime, seulement quelques vols quotidiens. Ne pas croire qu'il est inutile pour autant : il accueille le nouvel Airbus A340 que le roi s'est offert pour son anniversaire. Attention, un Airbus d'occasion (prix estimé : environ treize millions de dollars). Ces dépenses somptuaires sont permises, en partie, grâce à la générosité de Taïwan, que le ~~Swaziland~~ Eswatini est le seul pays africain à reconnaître – tous les autres ont opté pour la puissante Chine continentale. Le roi dispose en outre d'une fortune personnelle se montant, d'après le magazine *Forbes*, à cinquante millions de dollars.

Aux abords de la ferme de Mpisi, où l'on élève d'ordinaire des bovins, ce sont des milliers de jeunes filles qui ont pris la place des bestiaux. Sur des kilomètres, une file ininterrompue de gamines aux cheveux ras patiente sous le soleil de midi. Le site évoque une colonie de vacances ou un festival de rock, avec ses immenses tentes, ses stands de nourriture et son sol jonché de détritus. Les préparatifs de l'Umhlanga durent une semaine. Les jours précédents, les imbalis sont allées recevoir l'ordre de mission du roi puis ont coupé les roseaux qui, suivant la lointaine tradition, serviront à bâtir le corral de la reine mère. Elles ont passé ici deux nuits, sous supervision, pour éviter les débordements. On discute avec une policière : « C'est génial pour les filles. Elles font la fête, sans les garçons. Elles rencontrent de nouvelles amies, développent une sororité. Et maintenant elles peuvent rester en contact via les réseaux sociaux. »

Les imbalis sont venues des quatre coins du pays. Pas de limite d'âge, on peut théoriquement se joindre à la fête de six à soixante-six ans, tant qu'on n'est pas mariée. La participation à la danse des roseaux n'est pas obligatoire mais elle est encouragée. Si les jeunes urbaines tendent à considérer la manifestation avec un peu de dédain, les filles de la cambrousse adorent. C'est l'occasion de voir le pays, de venir en ville. Un groupe d'adolescentes de la bourgade de Siteki, à l'est, nous le confirme. « On vient toutes les années, explique l'une d'elles. Pour nous c'est une semaine de liberté, loin du village et de la famille. En plus, on reçoit des cadeaux. » Elle montre fièrement ses chaussures neuves. La veille, Mswati III a fait distribuer trente mille paires de baskets, des T-shirts ainsi qu'un kit sanitaire. Ça a fait la une des journaux locaux.

« Puis on nous donne de la nourriture », poursuit la jeune femme.

L'attente est un peu longue sous le soleil. On attend la fille du roi, qui doit mener le cortège. Quand elle arrive enfin, la colonne des imbalis s'ébranle. Elles vont marcher quelques kilomètres puis des bus viendront les chercher pour les emmener jusqu'aux environs de la résidence royale. Là, elles auront deux jours de répit et de préparation avant la grande cérémonie.

Le lendemain, nous poussons jusqu'aux alentours de Sidvokodvo où se tient un rassemblement qui n'a absolument rien à voir avec la danse des roseaux mais qui révèle une autre facette du pays. Le Swazi Rally, réunion de bikers, accueille sept mille motos et dix mille personnes venues de toute l'Afrique australe, de la Namibie au Kenya en passant par l'Afrique du Sud. On débarque dans un campement où pullulent Harley-Davidson, Honda, Triumph et autres gros cubes. Sur un petit circuit, des chevaliers du bitume s'adonnent à des courses express dans un boucan à décorner les gnous. Au cœur du site se dresse le Riders Ranch, étonnante réplique d'un château médiéval au beau milieu de la pampa africaine, qui accueille les réjouissances. Dire que l'ambiance est festive relève de l'euphémisme. Ça carbure à la bière ou au rhum dès le déjeuner. Pour répondre au DJ, des types font rugir leurs moteurs en cadence, produisant des rythmes mécaniques qui font se trémousser quelques groupies. Le spectacle est également vestimentaire. Les hommes portent l'uniforme universel des bikers, bottes et gilets de cuir décorés aux couleurs de leurs clubs respectifs ou de têtes de mort. Les femmes ne lésinent pas sur le cuir non plus, les combinaisons moulantes, minishorts affriolants et décolletés scandaleux sont de sortie. Le Swazi Rally sent l'essence, l'alcool et le sexe. Il est officiellement interdit aux moins de dix-huit ans.

L'atmosphère est pourtant bon enfant. Noirs, blancs et Indiens (comme on dit ici pour désigner les descendants des immigrants d'Asie du Sud) picolent et roulent de concert. « Ici, il n'y a pas de couleurs de peau, il n'y a que des bikers. Nous sommes une communauté sans racisme, affirme Banele Dlamini, un des organisateurs du Rally. Ce rassemblement, c'est une histoire de fraternité. » On le croit volontiers tant il est vrai que le biker est chaleureux. J'étais venu armé de toute ma conscience professionnelle (observer, écouter, recouper) et, deux heures plus tard, force est de constater que je suis ivre du fait des nombreuses sollicitations spontanées de type « assieds-toi et bois un coup avec nous ». Les motards sont sympas (information vérifiée). La plupart des clubs représentés consacrent d'ailleurs une partie de leur activité à des œuvres caritatives.

Au-delà des motards, il émane de la société swazilandaise eswatinienne une vraie tolérance interraciale. Pas de douloureux souvenirs d'apartheid comme en Afrique du Sud. Pas de chasse aux fermiers blancs comme au Zimbabwe. La transition du protectorat britannique à l'indépendance s'est déroulée sans violence. La petite minorité blanche descendant des colons et la majorité swazie cohabitent sereinement. « S'il y a bien une chose qu'on ne supporte pas ici, c'est le racisme », a tenu à me préciser un homme d'affaires, noir, rencontré dans un bar de Mbabane. Ici, on ne m'a jamais appelé « le blanc ».

Le royaume peut s'appuyer sur son unité linguistique, donnée importante sur un continent si souvent dévasté par les conflits ethniques. Outre l'anglais, tous les Swazis partagent une même langue, le swati, proche du zoulou. « Le Swaziland, c'est juste une tribu entourée par les montagnes », a-t-on entendu, avec une pointe de condescendance, dans la bouche d'une Sud-Africaine. Affirmation validée par la devise nationale : « Nous sommes une forteresse. »

Danse des roseaux J moins un. Nous arpentons Lobamba, dans la vallée d'Ezulwini, où se trouve le palais, un des treize palais de Mswati III. Avec ses hôtels de luxe, son casino, son golf, son marché d'artisanat estampillé commerce équitable, la vallée a un petit air d'île Maurice. Un énorme centre de conférences internationales est en construction. Sur un pont surplombant l'autoroute, on aperçoit une banderole : « Celebrating 50 years of peace, stability and development », où une photo du roi se juxtapose au logo KFC, qui finance l'installation.

« Ce développement, toutes ces nouvelles infrastructures, c'est cosmétique, soupire Mary, une jeune Swazie revenue au pays après ses études en Angleterre. Le gouvernement ne sait pas établir les priorités. Nous avons des malls tout neufs mais nos ministères tombent en lambeaux. Nous avons un nouvel hôpital mais pas les médecins ni les médicaments qui devraient aller avec. » Nuançons ce constat sanitaire. Si la tuberculose et les maladies liées au VIH font toujours des ravages (27,2 % des adultes étaient séropositifs en 2016, selon ONUSIDA), les politiques de prévention commencent à porter leurs fruits. On distribue des capotes dès la frontière. « Les malades sont moins stigmatisés qu'avant. Et les trithérapies sont accessibles et gratuites », nous explique une infirmière de l'hôpital de Mbabane. L'espérance de vie, certes très basse, tend à remonter ces dernières années.

Reste que ce pays est bien coupé en deux. D'un côté, sa petite élite urbaine profitant des investissements étrangers, de standards de vie décents et de l'ambition du pouvoir de devenir un *first world country*. De l'autre, les deux tiers de la population vivant sous le seuil de pauvreté, le cœur rural qui sue dans les champs de canne à sucre mais aussi dans les plantations de weed perchées sur les hauteurs, qui alimentent le marché sud-africain et fournissent des revenus aux familles défavorisées. On a entendu un restaurateur nous expliquer qu'il avait du mal à trouver de la main-d'œuvre : « Les gens préfèrent bosser dans les cultures de cannabis, ça paie mieux. »

Les préparatifs vont bon train à la veille de la cérémonie. On voit des bataillons de jeunes filles se balader, porter des roseaux, répéter leurs danses, se pomponner pour ce qui est une sorte de bal des débutantes à la mode swazie. « L'Umhlanga est une façon d'entretenir notre héritage, pour que nos jeunes restent en contact avec notre culture », déroule Chunky Dlamini (la moitié du pays semble porter ce nom, qui est celui de la famille royale), *marketing officer* à l'office du tourisme national. « C'est aussi une manière de promouvoir la chasteté. » La pureté est en effet encouragée par le très chrétien et néanmoins polygame Mswati III. Les chefs de village sont censés valider le départ des imbalis après un test de virginité. « Ce truc de virginité, c'est une vaste blague », ironise Mary. Un esprit européen mal tourné pourrait par ailleurs trouver paradoxal de promouvoir la vertu en faisant gigoter les seins de dizaines de milliers d'adolescentes en public.

« C'est notre tradition, ce n'est pas sexuel », réplique Dlamini. Notons qu'il existe une cérémonie similaire, tout aussi rituelle, pour les jeunes hommes : l'Incwala. « Mais ça attire moins de monde, car il n'y a pas de nichons », continue Mary.

Au ~~Swaziland~~ Eswatini, on n'a pas trop entendu parler de #MeToo. En revanche, le mouvement #menaretrash (#leshommessontdesconnards, grosso modo) venu d'Afrique du Sud a eu son petit succès. Selon Mary : « Le viol et le harcèlement restent des vrais problèmes de société. Des filles sont violées pendant la semaine de l'Umhlanga. Parfois par leur superviseur. »

Pour lutter contre le viol, le roi n'a rien trouvé de mieux que d'interdire le port de la minijupe, en 2012. Le sort des femmes évolue toutefois. La Constitution reconnaît l'égalité de droits et la loi ménage un quota féminin à l'Assemblée. « Certains hommes commencent à devenir plus ouverts », constate Mary. Signe d'une évolution des mœurs dans cette société encore largement façonnée par le droit coutumier : la première Gay Pride s'est tenue en 2018, alors que l'homosexualité est illégale. Un demi-millier de personnes se sont réunies dans les rues de Mbabane, sans répression ni incidents.

À la résidence royale, les médias ont été convoqués pour une « conférence de presse ». Nous patientons dans les gradins qui accueilleront le public le lendemain, jusqu'à ce qu'un vieux monsieur, qui ne se présente pas, vienne nous engueuler. Son discours, en substance : « L'an dernier, des journalistes ont écrit des choses fausses. Faites-nous confiance. Écrivez ce qu'on vous dit. » Satanés journalistes étrangers. La presse locale, au moins, est docile – elle n'a pas trop le choix. Quand les journaux sud-africains impriment des choses déplaisantes sur la famille royale, ils sont confisqués à la frontière. Mais nous sommes au XXI$^{e}$ siècle, les frontières numériques sont poreuses et on trouve sur Facebook des groupes véhéments tel Swazi Royal Leeches Lifestyle (*leeches* signifiant « sangsues ») qui dénonce le train de vie dispendieux de la cour, notamment via des montages mettant en parallèle les virées des princesses chez Cartier et des enfants crevant de faim (trois cent mille personnes dépendent de l'aide alimentaire au ~~Swaziland~~ Eswatini, et les dépenses de fonction du roi représentent 8 % du budget national).

Nous, on est bien d'accord pour ne pas écrire de choses fausses. Alors on pose des questions aux officiels pour vérifier. Des questions simples, auxquelles on ne parvient pas à obtenir de réponses fiables. Combien le roi a-t-il d'enfants ? « Ça, on ne peut pas vous le dire. C'est du domaine de la vie privée », rétorque Chunky Dlamini. Une question plus simple alors : Combien le roi a-t-il d'épouses, précisément ? Les réponses varient entre treize et dix-huit. Il semble un peu compliqué de tenir les comptes. Certaines ont fui et se sont réfugiées à l'étranger. Au printemps dernier, l'une des reines s'est suicidée. Si vous abordez le sujet publiquement, vos interlocuteurs feront semblant de ne pas entendre. Comme dans tous les systèmes autoritaires, la population développe une double pensée déconcertante pour qui a grandi en démocratie.

Pour avoir des renseignements sur la famille royale, le mieux reste de s'adresser directement aux personnes concernées, se dit-on. Alors on demande une interview de la princesse Sikhanyiso. C'est l'autre star de la famille royale. Fille aînée du monarque, elle a étudié aux États-Unis, en Angleterre, en Australie. À trente ans, elle occupe la fonction de conseillère influente auprès de son papa, et siège également au conseil d'administration de MTN, l'opérateur de téléphonie. Ce n'est pas tout : la princesse est également rappeuse. Sous le nom de Pashu, elle a sorti plusieurs titres, notamment *Hail Your Majesty* (Acclamez Votre Majesté) dont les paroles chantent la gloire de la monarchie. La princesse n'est pas mariée. C'est donc une imbali. Elle est même l'imbali en chef, celle qui doit guider le cortège des pucelles. Ma demande d'interview a été acceptée. Je suis impatient de la rencontrer.

*Interlude*

*Pardonnez-moi, lecteurs, d'interrompre ce récit au mépris de toutes les conventions de l'écriture journalistique. Je me sens tenu de vous donner une information qui n'a aucun rapport avec ce sujet mais qui me semble digne d'être portée à votre connaissance. La voici : le ~~Swaziland~~ Eswatini est le pays du monde le plus frappé par la foudre, avec un taux de mortalité de 15,5 personnes par million.*

*Fin de l'interlude*

Lundi 3 septembre 2018. C'est le jour J. Dès le matin, le site du palais royal de Ludzidzini bourdonne. Enchevêtrement de véhicules, commerces improvisés, foule qui afflue. Les spectateurs s'installent sur ces rangées de gradins faisant face à un immense terrain, environ un kilomètre de long sur deux cents mètres de profondeur, où se tiendra le spectacle dans quelques heures. Certains Swazis profitent de l'occasion pour ressortir le costume traditionnel, d'autres restent en chemise pantalon. À la tribune officielle se pressent les huiles, ambassadeurs et autres VIP. Ladite tribune est cernée par la garde royale, un drôle de régiment d'élite dont les membres torse nu portent sandales, jupes, colliers de coquillages et pistolets à la ceinture. « Nous avons prêté serment. Nous sommes prêts à mourir pour le roi », m'affirme un gradé. À peu près tous les flics du pays sont dans les parages. Ils vous tombent dessus quand vous sortez des périmètres désignés. Il faut se faufiler, on y parvient assez facilement, car c'est un gigantesque capharnaüm. Dans le coin des médias, on repère un photographe chinois vêtu d'un paréo où figure le portrait de Mswati III, une équipe de TF1 et un grand bonhomme équipé d'une belle moustache blanche dont le visage nous est familier : il s'agit de Yann Arthus-Bertrand, photographe vu du ciel et cinéaste écolo-humaniste qui se trouve ici pour réaliser une séquence de son film *Woman*. Il m'annonce que c'est la fin du monde : « Il faut dire la vérité sur l'environnement. C'est l'effondrement. Mais personne n'en parle. » Moi j'avais l'impression qu'on en parlait quand même un petit peu mais il n'est pas d'accord. Il me précise ensuite que son dernier film a été vu par huit cents millions de spectateurs. Cette discussion est vraiment très intéressante mais, pardon, je dois m'éclipser car j'ai une interview. Je rentre ma chemise dans mon pantalon et je me recoiffe pour faire bonne figure devant la princesse Sikhanyiso. Quand j'arrive au lieu de rendez-vous, patatras. Interview annulée, sans justification. Sikhanyiso Dlamini m'a planté. Je devais rencontrer une jolie princesse rappeuse pleine de plumes sur la tête et elle me snobe. Je suis dévasté.

Je me rabats donc sur les roturières parmi la foule des imbalis qui piétinent avant d'entrer en scène. Nomcebo vient du village de Kaphunga, deux cents habitants. Elle a vingt-cinq ans, c'est sa quatorzième danse des roseaux, une routine pour elle. Elle arbore une épée en bois, des boucles d'oreilles, une paire d'emafahlawane (ces bracelets de chevilles en coquillages qui font office de percussions) et un rouge à lèvres qui me semble moyennement issu de la tradition (le maquillage est formellement déconseillé pour la cérémonie mais même un roi ne peut lutter contre la coquetterie d'une jeune femme qui veut être la plus belle pour aller danser). Elle porte elle aussi des plumes dans sa chevelure, ce qui indique un statut de fille de chef de village, et elle dirige à ce titre la petite troupe de son bled. Munie d'un selfie stick, elle se recoiffe avec l'écran de son téléphone en guise de miroir, fait une moue pour se prendre en photo comme toutes les adolescentes du monde et poste son image sur les réseaux sociaux.

Le show va bientôt commencer. Les jeunes filles entrent sur le terrain. C'est le début d'après-midi, l'arène se remplit dans un mouvement constant de chants et de danses préparés pendant des semaines, un défilé de couleurs tournoyantes et de gammes pentatoniques.

Pendant ce temps, la reine mère Ntfombi Tfwala a été annoncée par le speaker de l'événement. Elle prend place sur son trône. On l'appelle Ndovukazi, la Grande Éléphante. C'est la mère de Mswati III, la cheffe spirituelle du royaume, dont elle fut la régente de 1983 à 1986, en attendant que son fiston atteigne sa majorité (et après avoir intrigué pour envoyer une de ses rivales en prison). Rappelons que l'Umhlanga a lieu en son honneur et qu'elle doit donc disposer, depuis toutes ces années, d'un sacré paquet de roseaux. Sachez que le visage de la Grande Éléphante est entré dans la postérité artistique quand Andy Warhol lui a tiré le portrait pour sa série *Reigning Queens*.

En parlant d'artistes, Yann Arthus-Bertrand est posté juste en dessous de la tribune VIP avec un téléobjectif d'une longueur dont je ne soupçonnais pas l'existence. Il peut ainsi, à distance, faire des gros plans sur les visages des imbalis qui, deux heures après le début de la cérémonie, continuent d'affluer sur le terrain pour former une marée humaine et chantante à perte de vue.

Sa Majesté le roi Mswati III fait son apparition vers 16 h 30 (son arrivée était prévue pour 14 heures) sur le tapis rouge et sous les vivats de la foule. Il est entouré par une centaine de membres de sa garde prétorienne dont certains sont équipés de mallettes pare-balles dépliables. Nous nous approchons, nous sommes à deux mètres du souverain. C'est un vrai pro, qui pose sous différents angles pour le photo-call. Le roi, plumé comme il se doit, porte un collier de perles *et* un collier de fourrure, un pagne surmonté d'une peau de léopard maintenue par une ceinture siglée MIII brillantissime. Son torse légèrement velu est barré d'une bandoulière aux perles multicolores rehaussées de pompons roses et jaunes. Sandales en cuir. Montre dont on n'a pas pu identifier la marque. Sceptre en bois agrémenté de dorures. Cet homme ferait un carton à la fashion week parisienne. On remarque son bon petit bedon et il nous vient à l'idée qu'un régime ne lui ferait pas de mal. Repu d'acclamations, le roi monte les marches pour rejoindre son trône au côté de sa maman la Grande Éléphante, afin de profiter du spectacle de son peuple féminin dansant pour lui. Contrairement à ce qu'on lit souvent, le roi ne choisit pas une nouvelle épouse ce jour-là. Il choisit ce jour-là de présenter sa nouvelle épouse, les années où il se re-re-re-re-re-re-re-re-re-marie.

Outre les représentations de chaque village, les divers corps constitués de la nation défilent. Ainsi, voilà le groupe des forces armées, puis des policières (des policières topless, donc). Les regards sont soudain happés par l'entrée en scène de danseuses pas comme les autres. C'est l'escouade des princesses, menée par Sikhanyiso (celle qui m'a éconduit), épées de bois et boucliers fièrement brandis, pieds nus quoique munis de percussions. Dans cet attelage, on remarque deux jeunes femmes à la peau blanche. Elles sont faciles à repérer : sur les cent trente mille jouvencelles, ce sont les seules qui dansent mal. (Renseignements pris, ce sont des amies étrangères de la princesse.) Cent trente mille participantes, c'est le chiffre officiel. Il est certainement exagéré et, malgré nos efforts, nous n'avons pas réussi à tenir un décompte précis. Mais ce sont bien des dizaines et des dizaines de milliers de participantes qui saturent l'espace d'une vibration dont l'harmonique principale est la joie. La répétition des motifs choraux, le kaléidoscope formé par la masse des danseuses, le brouhaha permanent : tout concourt à faire de ce spectacle une expérience envoûtante, aux frontières du psychédélique. Disons-le en toute simplicité et sans ironie : c'est très beau.

Je me dirige derrière les gradins, vers l'entrée de la loge VIP pour jeter un coup d'œil à la flotte de BMW du roi garées sur un tapis rouge. Je tente de m'approcher pour prendre une photo, ambition vite calmée par un garde du corps en costume sombre qui m'intime l'ordre de dégager. Quelques mètres plus loin, un homme m'interpelle. Il est torse nu devant une caméra, micro à la main. Le journaliste de la télévision nationale swazie m'interviewe en direct pour connaître mon opinion d'étranger sur la cérémonie : « *It's very beautiful.* »

Toutes les danseuses sont désormais arrivées sur la pelouse. Le soleil commence à décliner. C'est le moment choisi par Sa Majesté pour se joindre au dance floor. Toujours entouré par ses costauds, il fend la foule et rejoint les imbalis pour le kudlalisela, le tour de piste royal. Pendant vingt minutes, le roi trottine entre les rangées, dansouille devant les petites, toujours souriant. On retire ce qu'on a dit sur son bedon : le roi est en grande forme physique. Je tente de suivre l'action au plus près, avec une nuée de photographes, sur les talons de Mswati. Une ferveur sincère se dessine sur le visage des imbalis quand le souverain s'approche pour communier avec elles. C'est une rock star qui descend dans la fosse. Certaines gamines se mettent à genoux, d'autres se jettent par terre. Toutes poussent de petits cris d'excitation.

À la fin du bain de foule, alors que je reviens dans les tribunes, je suis alpagué par Yann Arthus-Bertrand : « J'aurais pu te tuer ! Tu étais dans tous les plans, juste derrière le roi avec ton iPhone, là. » Je suis désolé d'avoir pourri la séquence du cinéaste, ce n'était pas le but. Bon, il ne m'en veut pas vraiment. « Allez, je suis sympa, je t'enverrai les images », me dit-il. Merci. Je ne les ai jamais reçues.

La nuit est tombée, le spectacle n'en est que plus grandiose. On a l'impression d'être devant la plus grande chorale gospel de tous les temps. Pas de répit pour les chants, pas de répit pour les danses, ces inestimables cadeaux que l'Afrique offre à ses visiteurs. La princesse Sikhanyiso se dirige vers le centre de l'arène, seulement vêtue de sa sidwashi (jupe imprimée) marron doré et de quelques colifichets. Elle entame un long show de danse solo (le kugiya) qui va mettre le feu au stade et déclencher la polémique. Car la princesse, après quelques mouvements bien respectueux de la tradition, s'adonne à des danses beaucoup plus contemporaines. Elle tente un moonwalk, façon Michael Jackson. Elle s'agite en mode vosho, la nouvelle danse en vogue en Afrique du Sud. Elle twerke. Se trémousse comme dans un clip de Rihanna, dont elle a d'ailleurs des petits airs. Seule, devant des dizaines de milliers de personnes (dont son papa), en direct devant toute la nation. Imaginez Kate Middleton gigoter frénétiquement seins nus et fesses à l'air devant Élisabeth II à Buckingham Palace. Le numéro de la princesse fait frissonner la foule, entre applaudissements et réprobation. Un des guerriers du roi devient fou et se met à courir pour aller twister avec elle, il se fait vite ceinturer par les officiers de sécurité. Le lendemain, le *Times of Swaziland* placera en une la performance de Sikhanyiso. Et le *Swazi Observer* consacrera un cahier spécial à la qualité des roseaux. Le lendemain, le *Times of Swaziland* et le *Swazi Observer* ne parleront pas des campagnes en insécurité alimentaire, ni des opposants en exil, ni des business douteux du clan royal. Il ne faudrait pas gâcher la fête.

La cérémonie touche à sa fin. Les filles évacuent l'arène en une poignée de minutes. Les chants continuent alors que les colonnes d'imbalis quittent le site, sous le regard de vaches qui broutent avec une impassibilité laissant penser qu'elles en ont vu d'autres. La fête est finie. Les vierges repartiront au village avec leurs baskets neuves. En haut d'un grand mât, le drapeau du ~~Swaziland~~ Eswatini flotte dans la nuit. Une énorme BMW glisse sur un tapis rouge. Il est 19 h 30, le roi s'en va.

# À Kinshasa, avec Jésus et Winnie l'Ourson

Je vous écris de Kinshasa où je marche sous le soleil de l'équateur, ce qui n'est pas très malin quand on a la peau blanche. En dix minutes, je me fais quelques copains que je n'aurais pas rencontrés en voiture et j'attrape un cancer du nez.

Un homme déambule, une poignée de chargeurs téléphoniques à la main.

– C'est votre business ?

– Oui, j'achète aux Chinois et je revends dans la rue. Mais ça suffit pas pour vivre, c'est dur. Il faudra le dire à Macron.

Dans un collège pour riches, les gamins ont préparé une chorégraphie pour me souhaiter la bienvenue. La prof de français déguisée en costume traditionnel est suivie par une troupe de collégiennes en uniforme. Elles s'agitent à quatre pattes devant moi dans un booty shake digne des clips de R&B les plus salaces. Elles ont douze ans, on est dans une école. Après mon intervention (« Lisez, aiguisez votre curiosité, vous êtes l'avenir, tout est possible »), deuxième round de chorégraphie. L'enseignante porte maintenant un costume de Winnie l'Ourson et elle fait des roulades devant moi au son du tambour. Je répète : Winnie l'Ourson fait des roulades en mon honneur à Kinshasa.

Au malewa, la gargote de rue, une maman prépare ses plâtrées à l'ombre d'un acacia. Les hommes parlent de foot et d'émigration assis sur le capot des voitures. « Voyager est une bénédiction pour un Africain », me dit un Africain qui ne peut pas voyager faute de visa. On me raconte l'histoire de la caserne de pompiers qui a brûlé faute d'eau pour éteindre l'incendie. On m'assure aussi que frapper sa femme est une preuve d'amour. La maman tchipe.

À la Fête du livre, de jeunes éditeurs tentent courageusement de diffuser le travail des poétesses kinoises. Un vieux mandarin, tiré à quatre épingles, vaniteux, méchant, leur lance : « C'est loin d'être de la poésie. »

Louison Mbeya est styliste, talentueux, orphelin, en colère contre cet État qui n'existe que pour spolier la population. Louison incarne bien Kinshasa, sa déglingue et sa créativité légendaire.

Nous partageons un poisson dans la fumée d'un barbecue et sous les décibels d'une vieille rumba. Un individu vient mendier notre assiette vide pour sucer les arêtes. Il a six ans. Ses petits collègues de la rue fondent sur lui pour récupérer des miettes du butin.

Lors d'une conférence à l'Institut français, un journaliste me demande : « Monsieur Blanc-Gras, que pensez-vous de l'homme noir ? »

Je marche seul sous la lune de l'équateur. On m'a pourtant fait promettre de ne pas faire ça. Mais ça va, l'hôtel est à cinq cents mètres. Une demi-douzaine d'adolescents en haillons se ruent vers moi, défoncés et menaçants. Je suis cerné, ça m'apprendra à faire le malin. Un taxi s'arrête, je saute dans le véhicule.

Je vais perdre une heure au casino, où des Libanais, des Chinois et des fils à papa congolais en Ralph Lauren viennent flamber leurs dollars. À la roulette, un petit con d'expat parle des croupiers devant eux comme s'ils n'étaient pas là. Quand il perd, il soupire « pays de merde » en me jetant un coup d'œil pour créer une connivence entre blancs (mais non).

Une jeune femme tarifée m'aborde en me proposant de la « baiser fort dans le cul » (mais non), à deux pas d'un panneau publicitaire clamant « Crois au Seigneur Jésus et tu seras sauvé ».

La République démocratique du Congo a connu trop de tragédies pour qu'on puisse les égrainer ici. Disons simplement que les guerres récentes ont coûté des millions de vies et qu'il y a un immense portrait de Maître Gims dans le hall de mon hôtel.

« Ici, on a bien compris le sens du mot résilience, me confie une poétesse qui s'ignore. Il y a trop de poussière sur nos souvenirs. Pour vivre, j'oublie que rien ne va. »

# Au Cameroun, où l'on perd au Scrabble contre papa Jean-Guy

Je vous écris du Cameroun, Afrique, un continent longtemps épargné par le concept de supermarché. Ce temps est révolu. Dans les allées du Spar de Douala, flambant neuf et plutôt vide, une hôtesse m'informe :

– Monsieur, nous avons des promotions exceptionnelles sur le vinaigre.

Je décline, l'hôtesse est outrée.

– Mais enfin, monsieur, cette promotion est *vraiment* exceptionnelle.

À l'aéroport, les passagers patientent depuis plus de trois heures dans une salle d'embarquement à la climatisation défaillante. Les enfants ont soif. Quand le ministre a fini son déjeuner, nous pouvons décoller.

Le Cameroun ne tient pas la grande forme, il y a du grabuge dans les provinces anglophones, un octogénaire est au pouvoir depuis une quarantaine d'années, Boko Haram menace au nord et l'espoir reste introuvable. Dans un café de Yaoundé, un sociologue me parle de *baissage de bras généralisé*.

Mais, joie, les Lions indomptables ont remporté la Coupe d'Afrique. Le trophée fait la tournée du pays et il passe justement par mon hôtel. Tout le monde veut une photo avec la coupe, c'est l'émeute. Un militaire brandit son arme pour écarter la foule du trésor dont il a la garde. Cet abruti serait bien capable de lâcher une rafale.

À Garoua, dans le nord du pays, on peut se refaire une beauté chez le coiffeur Mollah Omar avant de se rendre au bar C'est le moment, ou à la discothèque Le Lourd.

Au collège Sainte-Thérèse, je parle devant une classe où les gamins s'appellent Roosevelt ou Giresse. À l'issue de mon intervention, la bonne sœur dirigeant l'établissement me propose un rafraîchissement. La religieuse ouvre le tiroir de son bureau et en sort un litre de 33.

– Heu, vous n'avez pas autre chose ?
– Vous n'aimez pas la bière ?
– Si, beaucoup. Mais il est 9 heures du matin.

Elysée me suit partout. Il m'a alpagué dans la rue pour m'expliquer son histoire. Il est venu en bus de Yaoundé parce qu'un ami lui avait promis un travail mais il a eu *un coup du sort*. L'ami a fait *faux bond* et il n'a plus d'argent pour rentrer à Yaoundé.

Sur Divine TV, une femme en transe, yeux révulsés, s'évanouit dans les bras du prêcheur. Il est écrit : « Touche ton écran et reçois ta délivrance au nom de Jésus-Christ. » J'ai essayé. Ça ne marche pas.

Je déjeune dans une gargote poussiéreuse nommée Café présidentiel. Le riz banane plantain n'est pas mal. Une femme s'assoit à ma table et déballe le contenu de sa valise. Est-ce que je veux acheter de la lessive ? Non, désolé madame. De la crème hydratante ? Une pince à épiler ? Non merci, je n'ai pas besoin de protection hygiénique non plus.

Dès 6 heures du matin, une quincaillerie diffuse les tubes de Salvatore Adamo à un volume déraisonnable. J'ai également entendu des guitaristes reprendre du Michel Sardou sans être inquiétés. Il y a beaucoup à dire sur l'héritage néfaste de la colonisation.

« Les gens se plaignaient des Français, explique Abou. Mais avec les Chinois, c'est pire. »

Abou est chauffeur, son boulot est stable, il lâche un billet à chaque fois qu'il passe au village. Son père est l'imam de Bafia. Il a une quarantaine de frères et sœurs vivants.

L'imam de Bafia habite une maison au sol en terre battue. On m'installe dans un fauteuil et on m'apporte un soda. Le vieil homme s'empresse de m'expliquer que l'islam est une religion de paix. Une moto est garée dans le salon.

Dans la maison voisine vit le frère de l'imam, l'oncle d'Abou. La demeure est spacieuse, dallée, dotée d'un frigo. L'oncle d'Abou est ingénieur chez Thomson. Ici, c'est sa résidence secondaire. Il habite dans le 19e arrondissement de Paris, à trois rues de chez moi.

L'oncle me sert une eau-de-vie dégueulasse et il charrie Abou sur son côté bon musulman qui ne boit pas. « Qu'est-ce que tu veux que je lui dise », soupire Abou en sortant. « Il est plus âgé que moi, je dois encaisser ses sarcasmes. »

Barrage de police. Abou échange quelques mots avec l'agent et ils partent dans un grand éclat de rire complice. Abou le checke après lui avoir glissé le bakchich.

– Tu le connaissais ?
– Ah non, pas du tout.

Au bord de la route, des gamins vendent des pangolins fraîchement braconnés.

Personne ne veut m'emmener à Bamenda sous prétexte que c'est la guerre. Les provinces anglophones sont agitées par des troubles sécessionnistes. Grèves, émeutes, arrestations. État d'urgence. Le gouvernement a coupé Internet depuis plusieurs mois.

Je trouve finalement un gars disposé à me conduire jusque là-bas. Tant qu'on est encore en territoire francophone, la route est bonne. Dès qu'on passe la frontière linguistique, c'est une succession de nids-de-poule. Je commence à entrevoir le problème.

Bamenda est une ville sous couvre-feu, on se calfeutre. La population est coincée entre l'armée régulière et les milices séparatistes. J'interviewe tout un tas de gens qui m'exposent l'inextricable engrenage des représailles. Kidnappings, mutilations, assassinats. De retour en France, mon reportage n'intéresse personne.

Bangangté a été désignée « ville la plus propre du pays » et la région ne s'en sort pas trop mal. Les

Bamiléké ont la réputation d'être un peuple entreprenant, le niveau d'éducation est élevé. Je séjourne à la Fondation Jean-Félicien Gacha pour finir un livre. C'est une ONG plantée sur les jolies collines des environs. Le directeur s'appelle Flaubert.

La fondation accueille également Guillaume Jan, le meilleur écrivain franco-congolais.

Papa Jean-Guy tient la grande forme. Il a soixante et onze ans et fait partie de ces personnages que l'on adopte au premier regard. Il s'occupe de la bibliothèque, tout le monde l'adore. Il incite les jeunes à lire. Il les exhorte surtout à jouer au Scrabble.

Le Scrabble, c'est sa grande passion, il a fait de la compétition. L'œil gourmand, Jean-Guy me propose une partie. Je suis écrivain, il va voir ce qu'il va voir, le vieux. Une heure plus tard, alors que je recompte mes dents, il affirme : « Tu es un bon joueur, mais tu t'es déconcentré sur la fin. »

On passe voir papa Jean-Guy tous les jours, on parle de tout et de rien. On monte sur une moto pour descendre quelques Primus en ville, il raconte sa vie. Il était musicien dans un orchestre, il jouait à Kinshasa à la belle époque. Il a couché avec plus de mille femmes. « Je tenais un carnet de mes conquêtes. Je pouvais en mettre trois dans mon lit le même soir. J'étais un voyou ! Mais attention : depuis que j'ai rencontré mon épouse, je n'ai jamais fait un écart. »

Soirée passée sur la piste de danse du bar de nuit de Bangangté. Au micro, l'ambianceur ne cesse de répéter « bienvenue à la diaspora » en parlant de Guillaume et moi. À deux heures du matin, Papa Jean-Guy est toujours là, bon pied, bon œil, tout comme Abou devant son Coca. À trois heures, je fais le poirier.

Papa Jean-Guy a eu une belle vie. Puis il a attrapé une infection à la jambe et il est mort sans me laisser le temps de prendre ma revanche au Scrabble.

Vous connaissez l'aphorisme d'Amadou Hampâté Bâ. « En Afrique, un vieillard qui meurt, c'est une bibliothèque qui brûle. » Quand le vieillard était bibliothécaire, c'est encore plus triste. Bon voyage, papa.

# Au Nigeria,
## où l'on entame une carrière cinématographique

– Je vais te buter, menace une fille trop maquillée en pointant son pistolet sur la tempe de sa victime.

À genoux dans la poussière, une autre fille trop maquillée supplie pour qu'on l'épargne. Deux costauds observent la scène en agitant négligemment leurs flingues.

Tout peut basculer à chaque instant. La vie ne vaut rien par ici.

Le chef du gang est sur le point d'intervenir, quand son téléphone sonne. Il répond.

– Ouais, salut mec. Je te rappelle plus tard, on est en train de tourner. OK, coupez !

Nous sommes sur un terrain vague de Satellite Town, faubourg populaire de Lagos, mégalopole chaotique à la réputation de coupe-gorge. L'acteur-réalisateur qui répond au téléphone pendant les prises s'appelle Horesh Thomas et, malgré les apparences, ce n'est pas un débutant : il a déjà tourné une trentaine de films. La production en cours s'intitule *Man Down* ; une histoire de gangsters. Comme on l'aura compris, Scorsese peut dormir tranquille. Le matériel se résume à un Canon 7D, un trépied et quelques armes factices. Pas de perche, pas de clap, pas de script. Outre Horesh Thomas, qui est également le producteur et le scénariste du film, l'équipe technique est composée d'un cadreur et c'est tout.

Bienvenue à Nollywood – contraction de Nigeria et de Hollywood –, capitale du cinéma bricolé, se targuant d'être la deuxième industrie audiovisuelle mondiale (en nombre de productions), après l'Inde mais devant les États-Unis. Il se tourne jusqu'à deux mille cinq cents films par an au Nigeria. Pour la plupart, des nanars vite faits mal faits, mis en boîte en une semaine pour quelques milliers de dollars, qui sortent uniquement en DVD.

Pour se procurer les chefs-d'œuvre du septième art local, il faut fouiner dans les étals des marchés d'Alaba ou d'Idumota. S'engouffrer dans ce labyrinthe commercial offre une expérience rare de la densité urbaine. Nous sommes dans le ventre de cette Lagos tentaculaire, étouffée par ses embouteillages, polluée, moche, fascinante. Plus de vingt millions d'âmes s'y côtoient. C'est la plus grande ville du continent après Le Caire et elle croît de jour en jour. Si elle n'est plus la capitale du Nigeria (c'est Abuja depuis 1991), on la surnomme la capitale de l'Afrique, du fait de son effervescence démographique, économique et culturelle, en dépit de son image de cloaque mal famé.

Pour l'équivalent d'un euro pièce, nous acquérons *Red Mafias*, *Zone 9*, *Love and Sex* et quelques autres DVD aux pochettes criardes. Nollywood opère dans tous les genres, du mélo au film d'action en passant par la comédie et le fantastique. Des longs-métrages hilarants pendant une dizaine de minutes puis tout bonnement irregardables pour un public bercé au divertissement occidental : montages aberrants, plans interminables (un homme qui compte des billets pendant deux minutes, par exemple), absence de mixage (on passe de l'inaudible au maelstrom entre deux scènes), comédiens catastrophiques, musiques synthétiques désespérantes dans ce pays au patrimoine musical si riche.

Ce cinéma low cost connaît pourtant un énorme succès. Il abreuve le marché intérieur du plus grand pays d'Afrique, autour de deux cents millions de portefeuilles. Le public, pas forcément soucieux de qualité technique ou de réalisme, s'identifie plus facilement aux situations qu'avec un blockbuster américain ou une comédie musicale indienne. L'amour et l'argent sont bien entendu les thèmes les plus prisés ; on note également un net penchant pour les drames médicaux et la morale religieuse.

Qu'ils soient tournés en anglais, en yoruba ou en hausa, les films de Nollywood montrent une Afrique vue par des Africains, à l'inverse du cinéma *sur* l'Afrique fait par des Occidentaux, souvent chargé de clichés (enfants soldats, seins nus, lions, etc.). « La médiocrité de ces films embarrasse de nombreux Nigérians, écrit l'écrivaine Noo Saro-Wiwa dans son *Transwonderland, retour au Nigeria*. Pourtant, d'une certaine façon, je suis fière de Nollywood. Cette industrie nationale sans lien avec le pétrole met en avant une certaine indépendance d'esprit. [...] Nollywood sait s'adresser à son public et défend nos valeurs culturelles sans se plier à celles de l'Occident. [...] N'est-ce pas un changement agréable de se regarder à l'écran, après avoir été bombardé d'histoires et d'images étrangères ? »

Au fil des années, Nollywood s'est répandu dans toute l'Afrique anglophone. « Mon pays colonise le continent », plastronne Paul Obazele, un producteur influent qui nous reçoit dans ses bureaux, au dernier étage d'un hôpital désaffecté auquel on accède par un escalier sans lumière. « Je reviens du Kenya, là-bas les gens imitent notre accent parce qu'ils regardent nos films », jubile-t-il après nous avoir fait boire un coup d'Alomo bitter, un tord-boyaux local sorti de son tiroir, aux alentours de 16 heures.

Au-delà du divertissement, Nollywood est bel et bien une source d'orgueil dans ce pays qui n'est pas une nation, fragmenté par ses centaines de dialectes, ses clivages ethniques et ses tensions religieuses.

Nollywood ne sort pas de nulle part. « Notre cinéma s'est développé car il y avait une demande, mais aussi grâce à notre héritage culturel. Notre tradition orale s'est adaptée aux différents médias au fil du temps : radio, littérature, théâtre itinérant, jusqu'au cinéma », analyse Tunde Kelani, un cinéaste de soixante-cinq ans qui, « du folklore rural aux réseaux sociaux », a vu défiler un demi-siècle de culture. « Au Nigeria, tout le monde a une histoire à raconter. C'est un pays qui a du potentiel dramatique et les choses s'y développent très rapidement. Notre industrie reflète le côté travailleur et entreprenant des Nigérians. » Pas de doute là-dessus. Une heure passée dans la frénésie de Lagos suffit à pulvériser le stéréotype de l'Afrique nonchalante.

Le succès de Nollywood réside aussi dans cette absence de complexe, cet esprit *do it yourself*, cette spontanéité qui pousse à avancer, et tant pis pour les faux raccords. Un exemple sur le tournage, largement improvisé, de *Man Down* : « Bon, toi c'est quoi ton nom dans le film déjà ? Tu vas mourir dans la prochaine scène », décide le réalisateur Horesh Thomas. Rébellion de l'actrice :

« Oh non, encore ? C'est toujours moi qui meurs. » Horesh réfléchit une seconde et désigne une autre comédienne : « OK, alors c'est toi qui vas mourir. » Un des gangsters s'engouffre dans la faille syndicale et ronchonne : « Et moi, pourquoi je tue jamais personne ? »

Nous allons quitter le tournage quand le cinéaste nous interpelle, le photographe et moi : « Vous voulez jouer dans le film ? » Horesh s'éclipse et revient un instant plus tard dans un nouvel accoutrement : djellaba et chèche complètent habilement la kalachnikov goudronnée qu'il brandit, hilare, en hurlant « Al-Jazeera » (visiblement, il confond la chaîne d'information qatarie et Al-Qaida). Horesh a donc endossé un rôle de terroriste qui n'existait pas une minute avant dans son scénario. De notre côté, nous jouerons les oyibos (les blancs) se faisant kidnapper par un commando de Boko Haram. Lors de la première prise, à la vue des enturbannés porteurs d'AK-47 braquant notre voiture dans une rue poussiéreuse, le visage des riverains affichait une vague inquiétude. Certains ont dû croire à un véritable enlèvement. Trois prises plus tard, nous quittons les lieux sous les félicitations de la foule rassurée. Comment la scène sera-t-elle intégrée au film ? Mystère. Toujours est-il que nous avons longuement posé pour des photos en compagnie de tous les acteurs ; il semble que nous figurerons sur la pochette du DVD – l'exotisme de notre couleur de peau étant un argument commercial pour se démarquer dans une production pléthorique.

Ne pas croire que Nollywood se résume aux approximations de quelques bras cassés enthousiastes. Derrière le pittoresque, il y a une réalité économique. L'industrie dégagerait six cents millions de dollars de revenus par an. « Une vingtaine de tournages ont lieu en permanence à Lagos, sans compter le reste du pays. L'audiovisuel est le deuxième employeur du Nigeria après l'agriculture », poursuit le producteur Paul Obazele. Une assertion répandue mais invérifiable et certainement exagérée, les secteurs du pétrole, de la banque ou des télécommunications étant à l'évidence plus importants.

Comédiens et producteurs grenouillent dans le quartier de Surulere, épicentre historique de Nollywood. Nous y rencontrons Stanley Kings, un comédien dont le plus gros succès est un film intitulé *Hummer Babes*. « C'est l'histoire de quatre sœurs tellement grosses qu'elles ne trouvent pas de mari, au grand désespoir de leur père », résume-t-il. La vie d'acteur n'est pas toujours simple. Stanley ne reçoit pas de copies des films dans lesquels il joue ; il doit les acheter. Les cachets ne sont pas mirobolants et la concurrence est féroce : « Il y a des gens qui paient pour jouer dans les films et avoir leur tête sur les affiches.

Après, ils vont frimer dans les clubs. Les producteurs sont contents parce que ça les aide à boucler les budgets, mais ils piquent le travail des acteurs professionnels. »

D'après Victor Osuagwu, le président de la section locale de la Guilde des acteurs nigérians, « il y a cinq mille comédiens et six cents compagnies de production à Lagos ». L'homme connaît bien le business, il a tourné dans « cent trente films » depuis ses débuts en 1997. Il prend soin de préciser qu'il « joue toujours les gentils ». Précision amusante quand on se penche sur le parcours du personnage, dont l'élection à la tête de la Guilde est contestée. « Quand il a vu qu'il allait perdre, il a envoyé des voyous pour intimider les électeurs et faire disparaître les bulletins adverses », dénonce Stanley Kings. Résultat : la Guilde est divisée en deux factions rivales qui se tirent dans les pattes. Parfois, on se tire dessus tout court. Quelques semaines avant ce reportage, l'acteur Flavien Okojié a été assassiné par des tireurs non identifiés. Nollywood, ton univers impitoyable.

À Lagos comme ailleurs, le cinéma a besoin de sa dose de glamour et de tapis rouges pour vendre du rêve. Les cérémonies d'autocongratulation ne manquent pas. Nous voici au O'jez, bistrot situé à l'intérieur du National Stadium, où se tient la Celebrities Night. Tous les invités n'ont pas dû recevoir les mêmes instructions pour le dress code, les robes du soir côtoient les shorts en jean. L'événement prévu à 18 heures démarre trois heures plus tard par une prière durant laquelle personne ne pense à baisser le volume des écrans de télé qui hurlent du football. Real Madrid 2 – Valladolid 0. Amen, thank you Lord. Après cette mise en train, les participants scandent le sigle de l'Actors Guild of Nigeria, « A-G-N, A-G-N, A-G-N ! », comme le feraient les membres d'une secte. À l'instar des César, les discours interminables font bâiller le public. Petite différence avec les César, la cérémonie est interrompue deux ou trois fois par les inévitables coupures de courant qui rythment le quotidien au Nigeria, grand fournisseur mondial d'énergie. En coulisses, une nuée d'acteurs de seconde zone nous alpague, comme si une mention de leur nom dans une revue française allait bouleverser leur destin. C'est fou le nombre de gens qui prétendent avoir joué dans le premier film de Nollywood.

Un type se présente comme le président d'une association qui lutte contre la corruption, dénonce le clientélisme politique et l'argent qui disparaît dans les méandres de l'industrie. Le cinéma n'échappe pas aux fléaux qui empoisonnent l'ensemble de la société nigériane. Notre justicier déroule ses arguments en s'énervant de plus en plus, tout en ponctuant occasionnellement sa colère d'un grand rire ou d'une remarque sur le postérieur avantageux d'une actrice. C'est un mode de conversation courant à Lagos, ville de râleurs. Avec le brouhaha ambiant, il faut gueuler pour se faire entendre. Dans les coulisses de cette belle fête du septième art, on nous a beaucoup parlé de business, d'influence et de magouilles. Jamais de cinéma.

« Ma caméra digitale explose comme une balle », s'exclame le cadreur avant chaque prise. C'est le premier jour de tournage de *Collateral War*, dans un intérieur cossu de Lekki, quartier où les prix de l'immobilier tutoient ceux de Manhattan. Le réalisateur a béni l'équipe, prié pour que l'on évite les accidents et demandé à Dieu d'interférer pour que le film soit un succès. Ça commence mal, le rail de travelling ne fonctionne pas.

Chioma N. Okeke, la productrice, est russo-nigérianne. C'est la première chose qu'elle annonce en se présentant. Nous sommes au milieu de l'après-midi, elle enchaîne les Heineken. Le côté russe, sans doute. Dentiste de formation, Chioma exerce dans le pétrole et ne se souvient plus exactement du nombre de voitures qu'elle possède. Le cinéma est son « hobby » et elle a décidé de se payer un film à neuf millions de nairas (soit cinquante-six mille dollars américains). Un film avec un propos, empreint d'une conscience féministe. « Ça parle de mariages arrangés chez les riches, de violences domestiques.

Je veux que ce film fasse évoluer les choses. » Chioma peste contre la misogynie de la société et l'hypocrisie des religions. Le discours est rare dans ce Nigeria où les putes et les gangsters vont à l'église le dimanche, où la ferveur évangélique du Sud chrétien répond à la charia en vigueur dans le Nord musulman. La productrice s'emporte contre les prêcheurs businessmen qui couchent avec les ouailles naïves, puis contre les pintades qui misent sur leur corps pour trouver un mari plutôt que sur leur tête pour trouver un métier, alors que les opportunités ne manquent pas « dans ce pays où on peut devenir millionnaire en une journée ».

Si plus de la moitié de la population nigériane vit toujours avec moins de deux dollars par jour, la manne pétrolière et les 7 % de croissance annuelle ont engendré une classe moyenne et une caste de nantis. À Lagos, des enfants pieds nus mendient aux fenêtres des Ferrari ronflant devant des boîtes de nuit dont le bling-bling n'a rien à envier à celles de Miami. Non loin des bidonvilles infâmes promis à la destruction par la promotion immobilière, de gigantesques panneaux publicitaires vantent les mérites du champagne Moët & Chandon. Les nouveaux (très) riches flambent, s'offrent des virées shopping à Dubai, construisent des maisons à colonnades affreusement kitsch, envoient leurs enfants étudier aux États-Unis et, à l'occasion, produisent des films pour se faire plaisir.

Une série télévisée explore les codes de cette « oiligarchie ». Son nom, *The Island*, se réfère aux îles de Victoria et d'Ikoyi, quartiers chics de Lagos où les fortunés se barricadent dans des compounds aux murs d'enceinte surmontés de barbelés et surveillés par des gardes armés. « La série montre toute la vanité, la corruption et la folie de cet univers », explique Omotola Jalade-Ekeinde, trente-six ans, actrice de *The Island* et surtout reine de Nollywood. Méconnue en Europe, Omotola est la plus grande star africaine, la première personnalité du continent à atteindre un million de likes sur Facebook. La comédienne et chanteuse est également une philanthrope investie dans plusieurs ONG, une ambassadrice des Nations unies et la mère de quatre enfants, ce qui lui vaut le surnom d'« Angelina Jolie africaine ». Un modèle de réussite, avec plus de trois cents films au compteur, qui a grandi avec un public fidèle. Cent cinquante millions de spectateurs suivent son show télé personnel, *Omotola : the Real Me*, diffusé sur la chaîne Africa Magic Entertainment dans cinquante-deux pays. La presse occidentale commence à saisir l'ampleur du phénomène : le magazine *Time* l'a intronisée dans sa liste des cent personnes les plus influentes du monde.

Le staff de la star nous a donné rendez-vous dans les environs de Badagry, à deux heures de Lagos (quatre heures avec les embouteillages). Omotola doit tourner une scène pour *The Island* à l'Aquatic Jungle Entertainment Park. Surprise à notre arrivée : le parc d'attractions en question n'existe pas encore. Tout juste quelques murs en construction, au bord d'une lagune. Deux avions sont posés là, en pleine brousse. « On les a fait venir par la route, c'était toute une histoire », explique Omotola. Avec son pilote de mari, ils projettent de bâtir ici un hôtel cinq étoiles, un aquarium, un zoo, des studios et une cité du cinéma. L'interview se tient donc à l'intérieur d'un jet privé planté au milieu de rien. L'actrice, gironde et volubile, déroule sa carrière et raconte sa gloire internationale, sa rencontre avec Spielberg, les émeutes provoquées par sa présence. Son discours devient rapidement politique : « Ce n'est pas facile d'avoir du succès en Afrique sans être corrompu. Mais je veux montrer qu'il est possible de faire carrière, d'avoir une famille et de défendre des causes justes. Je prêche pour ça et les gens savent que je lutte pour eux. » Suit une diatribe contre l'impunité des politiciens kleptomanes, les inégalités sociales, les atteintes aux droits de l'homme dans la jeune et imparfaite démocratie nigériane. Elle tient à préciser qu'en dépit des sollicitations, elle a toujours « refusé de soutenir des responsables politiques ». Son arme, c'est son aura cinématographique. « Nollywood a fait ce qu'aucune autre industrie n'a fait dans ce pays. Nous sommes maintenant connus partout et nous pouvons utiliser ça pour changer la vie des Nigerians et de tous les noirs autour du monde, qui regardent le Nigeria comme un modèle. » Omotola, tête de pont d'un Nollywood à la conquête de la planète.

Il y a encore du chemin, car le cinéma nigérian souffre de la faiblesse de sa distribution internationale en salles. Hors festival, impossible de voir un Nollywood sur un grand écran européen. À Lagos, les multiplexes ont fait leur apparition depuis une dizaine d'années dans les malls des beaux quartiers. Comme ailleurs, on y consomme du long-métrage pop-corn à la main dans un environnement climatisé. Toutefois, le rapport au divertissement n'est pas exactement le même que chez nous. Le public entre en cours de séance, téléphone sans vergogne, échange des commentaires sur l'action d'un bout à l'autre de la salle. « Ne tire pas ! » s'époumone notre voisine de fauteuil quand le héros se fait braquer. Auparavant, elle nous avait demandé de lui raconter le début du film et nous avions fait un brin de causette en toute cordialité. Le cinéma se déguste en société.

Si le nombre de salles augmente, poussée de la classe moyenne oblige, le réseau reste embryonnaire. Surtout, les tarifs pratiqués (environ six dollars le ticket) les rendent inaccessibles au grand public. Mais Internet change la donne, comme le montre l'essor d'IrokoTV, une plateforme de diffusion en ligne. Son fondateur, Jason Njoku, est trentenaire. Il nous reçoit avec le sourire satisfait de celui qui a créé une start-up le mettant à l'abri du besoin pendant quelques générations. Fils d'ouvriers nigérians émigrés à Londres, Jason était un étudiant en chimie doublé d'un geek au tempérament d'entrepreneur. « J'avais monté deux affaires qui n'avaient pas décollé. J'étais fauché, j'ai dû retourner vivre chez mes parents. La déprime. Et là, j'ai constaté que ma mère passait beaucoup de temps à regarder des films de Nollywood. » Étincelle.

Jason, citoyen anglais « sans réelle connexion personnelle avec le Nigeria » de ses parents, fonce à Lagos et acquiert les droits de centaines de films pour une poignée de figues. Avec son associé allemand, il crée ce « Netflix africain » qui rend Nollywood accessible instantanément et aux quatre coins du monde. IrokoTV cartonne aux Caraïbes, dans les diasporas africaines en Amérique du Nord et en Angleterre. Aujourd'hui installé à Lagos, Njoku illustre le phénomène *repat*, nom donné à ces jeunes Nigerians grandis ou éduqués en Occident qui reviennent au pays familial, vu comme un eldorado car le business y est plus florissant que dans une Europe à l'économie stagnante. Lors de nos pérégrinations nocturnes, nous avons pu rencontrer des DJ et des profs de yoga dans des appartements où les magazines *Wallpaper* et *Elle décoration* traînaient négligemment sur la table basse. Bienvenue chez les bobos africains, une classe créative, aisée et globalisée, qui fait bouger les lignes culturelles.

Le Nigeria évolue, Nollywood mute. L'industrie traditionnelle est bousculée par le piratage DVD et Internet, qui restructure le marché. Les tuyaux changent. Le contenu aussi. Une nouvelle vague de réalisateurs se soucie de l'aspect artistique des films. Le long-métrage *Ijé* réunit Omotola Jalade-Ekeinde et Genevieve Nnaji, l'autre grande star locale. Il évoque le parcours d'une émigrée nigériane confrontée au système judiciaire américain. Il y est question de déracinement, de statut de la femme, de racisme latent. Tourné aux États-Unis et au Nigeria, le film (une honnête série B de notre point de vue) a collectionné les nominations dans les petits festivals internationaux. « Les gens croyaient que le film était fait par un blanc », s'amuse sa réalisatrice Chineze Anyaene. Une femme de tête, trentenaire perchée sur des talons vertigineux et coiffée de dreadlocks blondes. Ajoutez un rouge à lèvres flashy, une voix terriblement suave et la conviction qu'elle va écrire le futur. Chineze adore Terrence Malick mais préfère James Cameron car il est le roi du box-office. Les affiches de *Casablanca* ou *Forrest Gump* décorent les murs de sa compagnie dans le décor rutilant de Lekki, loin des bureaux miteux de Surulere, antre du Nollywood populaire. *Ijé* était son projet de fin d'étude. Comment a-t-elle réussi à en faire un long-métrage au casting prestigieux à deux millions et demi de dollars ? « C'est ma mère qui l'a payé. »

Kunle Afolayan doit lui aussi beaucoup à son père, un cinéaste qui lui a transmis la vocation. Après avoir complété sa formation familiale par un cursus à la New York Film Academy de Londres et un détour par des études d'économie, Afolayan est aujourd'hui le plus doué des réalisateurs nigérians. Lui non plus ne manque pas d'ambitions. Son *Phone Swap* est une bonne comédie romantique, techniquement irréprochable. Le pitch est classique : un échange fortuit de téléphone provoque une rencontre entre des personnages que tout oppose. La jeune femme modeste aux racines rurales et l'homme d'affaires travaillant dans une tour de verre. « J'ai un problème avec les films africains francophones qu'on voit dans les festivals, explique Afolayan. Ils sont d'un ennui profond car ils veulent juste montrer la pauvreté. Ces films ne marcheraient pas ici. Les gens veulent être divertis et on peut faire du cinéma d'auteur divertissant. »

À l'inverse de Chineze Anyaene, qui embauche des stars lui garantissant le succès public, Afolayan refuse de se faire voler la vedette par ses acteurs. Car ce sont *ses* films. Son prochain long-métrage va « changer le cinéma africain », nous annonce-t-il dans son bureau, où trône le portrait de Tony Montana/Al Pacino, le personnage qui croyait que le monde lui appartenait. La bande-annonce d'*October 1* est effectivement prometteuse. Sur fond d'enquête criminelle, le film traite de l'indépendance du Nigeria en 1960. « Je suis un réalisateur africain, alors mes films représentent l'Afrique. Mais je peux travailler n'importe où, nuance Afolayan. L'Afrique, c'est juste un endroit, l'endroit d'où je suis. Bien sûr, quand tu parles de ton territoire, tu connais mieux les enjeux. Cela dit, je ne veux pas être étiqueté réalisateur de Nollywood. Je veux être étiqueté réalisateur. » Le budget d'*October 1* s'élève à deux millions de dollars. « C'est beaucoup pour un film africain. À Hollywood, il coûterait cent millions. » Pour le financer, Kunle a tapé dans le public et le privé, des compagnies d'assurance à Guinness en passant par Toyota. Ses financeurs ont constitué 30 % de son budget. « Le reste, c'est mon argent et des emprunts. Je suis très endetté… »

Il n'existe pas de système de financement public du cinéma mais les autorités accordent de nouvelles subventions. L'État de Lagos a contribué pour *October 1* : « Les choses sont en train de changer. Nos gouvernants comprennent que notre industrie est un outil puissant qu'ils peuvent utiliser à des fins de communication politique. Par exemple, à Tokyo, j'ai été invité sur NHK (la télévision publique japonaise). Je venais parler de mon film et on me posait des questions sur l'économie africaine. Je faisais des relations publiques pour le pays. » Avec Nollywood, on assiste aux prémices d'un soft power africain, qui utilise le divertissement comme outil d'influence. Kunle Afolayan nous apprend qu'il a dîné avec le président Goodluck Jonathan, qui lui a « parlé de ses rêves pour le cinéma nigérian ».

Le Nigeria s'autorise à rêver, en dépit des calamités qui le minent. Ce pays est doté d'un programme spatial et envoie des satellites en orbite, tout en étant incapable d'assurer une alimentation électrique régulière dans sa capitale. Il abritera la troisième population mondiale au milieu du siècle. À Lagos émerge le plus grand projet immobilier du continent : Eko Atlantic City, une île artificielle de dix kilomètres carrés qui accueillera gratte-ciel et résidences de luxe. Une folie digne de Dubai. Avec du pétrole et des idées, tout est possible. Comme au cinéma.

# À Lagos, avec le fils de Dieu dans le temple de l'afrobeat

Je vous écris de Lagos, où, dans les années 1970, Fela Anikulapo Kuti a inventé un genre musical fabuleux (l'afrobeat), défié la dictature (les flics l'ont torturé, jeté en prison et ont balancé sa mère par la fenêtre) et vécu une existence à faire passer Mick Jagger pour un mormon (il vivait en slip et a épousé ses vingt-huit femmes le même jour). Un génie, un rebelle, un mythe au Nigeria.

Si je suis ici, au fond, c'est parce que je suis un jour tombé en transe en écoutant sa musique. Son fils Seun Kuti joue ce soir dans un festival devant un public clairsemé d'expatriés et de riches Nigerians – les tarifs sont assez élevés. Seun avait quinze ans à la mort de son père en 1997. Il a repris le flambeau, l'orchestre et les morceaux de son géniteur. Un tatouage « Fela lives » emplit son dos. Il a les mêmes traits, les mêmes attitudes, la même grâce et son show est dément. À l'issue du concert, je m'incruste en coulisses et il m'accorde une interview au débotté. Seun reprend le discours paternel : diatribe contre la corruption des politiciens et le néo-colonialisme, *power to the people*. Le courant passe. « Viens à la maison un de ces jours, on ira au Shrine, bro. » Le *Shrine*, c'est la salle de concert de Fela, réhabilitée depuis par Femi Kuti, le fils aîné. Shrine signifie « sanctuaire ». C'est le temple de l'afrobeat.

Quelques jours plus tard, j'arrive chez Seun. Il commence par me faire poireauter une heure dans le salon – il est accueillant mais c'est tout de même une petite star. Il finit par descendre. Il a l'air fatigué. La discussion s'enclenche sur le foot pendant qu'il roule un joint. Il supporte Arsenal et ça ne le surprend pas que je sois pour Saint-Étienne. Puis il me donne un conseil de survie à Lagos : « Il faut toujours être en mouvement, sinon la ville t'écrase. » C'est justement l'heure de bouger. Nous montons à bord de son énorme 4 × 4 allemand, il allume le joint et glisse un CD dans le lecteur. « C'est mon nouvel album, il n'est pas encore sorti. » C'est la nuit, nous roulons vitres ouvertes, volume à fond alors que défilent les lumières de la ville. Aux feux rouges, des automobilistes reconnaissent mon conducteur et le saluent bruyamment. Seun me tend son bédo et il faut que je précise la chose suivante : je ne fume jamais. Parce que ça m'endort, dans le meilleur des cas. Dans le pire, je deviens parano et je me fais attaquer par des renards. Cela étant, je ne peux pas vraiment refuser sous peine d'insulter son hospitalité et de bousiller ma street cred. Bon, je tire trois lattes, c'est de la bonne beuh en bonne compagnie, tout va bien se passer.

La musique de Seun prend soudain une nouvelle dimension, les basses roulent dans ma nuque et je trouve curieux d'entendre la voix de ce mec qui sort à la fois de sa bouche et des enceintes de la voiture. J'ai envie de lui demander si les renards sont sympas au Nigeria mais il se peut qu'il ne comprenne pas où je veux en venir.

Le chanteur se gare juste devant l'entrée, un attroupement se forme immédiatement.

« Anikulapo, Anikulapo », scandent les dizaines de badauds qui encerclent le véhicule.

Seun s'extirpe de sa voiture, je m'engouffre dans son sillage. Il traverse son peuple d'un pas pressé en serrant les mains qui se tendent. Ce ne sont pas seulement des groupies devant une personnalité, il y a quelque chose de l'ordre de l'adoration religieuse à son passage. Quant à moi, je suis défoncé au milieu d'un mouvement de foule nocturne dans le faubourg douteux d'une des villes les plus dangereuses d'Afrique et je vais forcément attirer l'attention parce que je suis le seul blanc à des kilomètres à la ronde. Toutes les conditions sont réunies pour un bon vieux bad trip. Je repense alors à cette anecdote à propos de McCartney. Le Beatle, qui a enregistré *Band on the Run* à Lagos, était venu faire un tour au Shrine (évidemment). Il était tombé en pâmoison devant le concert de Fela mais l'admiration n'était pas réciproque. À la fin du show, Kuti était venu intimider McCartney, le menaçant sur l'air « Hey white boy, tu viens là pour voler notre musique ? ». L'affaire s'était réglée par une invitation au studio, où Fela avait pu constater que, non, l'ex-Beatle ne se lançait pas dans l'afrobeat.

Je pénètre dans le temple et je constate que personne ne vient m'emmerder. Peut-être se sont-ils rendu compte que je n'étais pas Paul McCartney. Et surtout : je suis avec Seun. Celui-ci salue ses potes et part jouer au billard en me laissant en plan. Quelque chose cloche. Je ne mets pas longtemps à comprendre le problème.

Il n'y a pas de musique.

Femi a annulé son concert hebdomadaire. Personne ne le remplace, personne n'a pensé à mettre un disque. Nous sommes dans un lieu légendaire de la musique africaine et aucune note ne résonne. Je m'attendais à une église du beat, c'est un hangar avec une scène vide.

Il y a bien un autel voué à Fela garni de quelques reliques, des slogans politiques peints aux murs, une petite librairie. Mais il y a surtout des hommes (les seules femmes sont les serveuses) qui picolent et discutent bruyamment autour de tables en plastique. J'entame quelques conversations qui s'essoufflent vite. Rien ne vibre. Je suis au Shrine et je m'ennuie.

L'afrobeat a toujours ses fidèles fervents mais n'attire plus les foules de la jeunesse créative. C'est un genre patrimonial, la musique de papa. Les kids nigérians préfèrent le R'n'B américain de grande consommation.

Seun me récupère après sa partie de billard.

– Allez, on y va, bro.

À la sortie du club, il faut de nouveau traverser une grappe de groupies. Une vieille femme édentée attrape Seun par le bras, espérant un geste de sa part, comme s'il avait des pouvoirs thaumaturges :

– Dis-moi quelque chose, Anikulapo.

– Pourquoi tu ne rentres pas chez toi ? répond Seun avec lassitude.

Ce garçon s'est donné pour mission d'entretenir l'héritage paternel ; mais il est aussi accablé par le fardeau de son ascendance. Pas simple d'être le fils de Dieu. Dans la voiture, Seun marmonne pour lui-même :

– J'en peux plus de tout ça.

– Ces gens te vénèrent.

Il soupire.

– C'est le Shrine, bro. C'est le Shrine.

## Sur l'île de Gorée, où l'on tremble devant tant de laideur

Je vous écris de l'île de Gorée, où il fait très chaud mais dont la visite fait froid dans le dos. Située à la pointe occidentale du continent, Gorée est la terre africaine la plus proche des Amériques. C'est ainsi qu'elle est devenue, du XVIe au XIXe siècle, un lieu de transit du commerce triangulaire, un point de départ des navires esclavagistes vers le Nouveau Monde. Successivement occupée par les Portugais, les Hollandais, les Anglais et les Français, l'île est aujourd'hui le lieu emblématique de la traite atlantique, inscrit au patrimoine mondial de l'Unesco et visité à ce titre par les grands de ce monde (Jean-Paul II, Bill Clinton, James Brown, Daniel Auteuil...), même si son importance effective dans le trafic est contestée par certains historiens.

À quelques brasses de Dakar, l'îlot est abordé chaque jour par des centaines de touristes et de scolaires venus effectuer leur devoir de mémoire. Les visiteurs débarqués du ferry se pressent dans la cour de la Maison des esclaves, une captiverie comme il en existait beaucoup sur les côtes africaines. Dans un français théâtral, le conservateur du lieu rejoue une Histoire vaguement connue de tous mais dont les détails donnent chair à la barbarie. Les esclaves entassés par dizaines dans des cellules de quelques mètres carrés. Les familles séparées. Prix d'un enfant : un miroir. Prix d'un homme ou d'une jeune femme vierge : un baril de rhum. Un esclave devant peser au minimum soixante kilos pour être embarqué (et avoir une chance de survivre à la traversée), les plus maigres étaient gavés.

Pendant son discours, inlassablement répété jour après jour, le conservateur claque des doigts pour rappeler à l'ordre quelques touristes dispersés. À l'étage, où se tient une exposition présentant chaînes et entraves, un guide sénégalais houspille un jeune visiteur français noir, pas assez concerné à son goût :

– On dirait que tu ne ressens pas ce qui s'est passé ici. Tu te rends bien compte de ce qu'on faisait aux noirs ?

Le jeune, embarrassé :

– Heu, mais si, je me rends compte, j'ai vu le film *12 Years a Slave*.

L'historicité de la Maison des esclaves est parfois remise en cause. Que ce bâtiment ait réellement abrité une captiverie ou pas, il est devenu un symbole, et les symboles sont utiles pour fixer la mémoire. Entre onze et quinze millions d'êtres humains ont été déportés vers les Amériques, provoquant un effondrement démographique et une blessure identitaire dont les effets se ressentent encore aujourd'hui. Le conservateur n'oublie pas de rappeler l'existence des traites orientale et intra-africaine, tout aussi criminelles. Puis il termine ainsi son allocution : « Ce lieu doit être un lieu de réconciliation et de pardon entre les peuples. »

Au sommet de l'île, on aperçoit Dakar qui bourdonne. Les vagues claquent au pied des falaises spectaculaires (certaines séquences des *Canons de Navarone* ont été tournées ici). En slalomant entre les vendeurs de babioles, on rejoint les maisons coloniales dont les couleurs donnent à l'île un air de village provençal sous les tropiques, avec ses ocres et ses pastels. Une habitante fait sa lessive sur une placette à l'ombre d'un baobab. Les hibiscus et les acacias frémissent dans la brise.

À Gorée, la joliesse de la géographie contraste salement avec la laideur de l'Histoire.

# À Gibraltar,
## avec vue sur trois pays

Je vous écris de Gibraltar, un endroit où il est compliqué de faire demi-tour. Si vous vous trompez au carrefour, vous êtes bon pour faire le tour du pays. C'est ce qui arrive quand la terre est rare, la population dense et les routes étroites. Gibraltar : un village britannique de sept kilomètres carrés accroché à un bout de calcaire au fin fond de l'Andalousie. La frontière avec l'Espagne mesure à peine plus d'un kilomètre, ce qui en fait la deuxième plus courte du monde, après celle située à Kazungula, entre le Botswana et la Zambie, qui ne fait que cent cinquante mètres. (C'est fou le nombre d'informations inutiles et passionnantes que vous avez déjà ingurgitées en quelques lignes, n'est-ce pas ?)

Passé le poste frontière, on emprunte l'avenue Winston Churchill, qui traverse la piste de l'aéroport (littéralement : les voitures croisent les avions sur le tarmac). La principale activité touristique à Gibraltar consiste à grimper au sommet du rocher

(426 mètres) qui lui donne son surnom, pour jouir de la vue et faire coucou aux fameux macaques, les seuls singes sauvages d'Europe. Hélas, ce jour-là, il faisait grand vent et le téléphérique était fermé. Comme j'avais la flemme de marcher, je n'ai pas vu les singes. En revanche, je me suis rendu à Europa Point, l'extrémité sud du territoire et donc du continent (presque, car en vrai c'est Tarifa, non loin de là, qui constitue le lieu le plus méridional de l'Europe continentale).

D'ici, on voit l'Afrique. Pour l'amoureux du voyage, c'est un doux frisson que d'avoir les pieds sur un continent et les yeux sur un autre. On a la médina de Tanger à un jet de ferry. De l'autre côté du détroit se dresse le djebel Musa, la montagne jumelle du rocher de Gibraltar. Des cargos aux ventres lourds tracent leur sillon entre les Colonnes d'Hercule, le nom donné depuis l'Antiquité à ces reliefs marquant la délimitation entre *mare nostrum* et l'océan Atlantique. Un passage que, pendant des siècles, les marins ont franchi la peur et l'exaltation nouées au corps, se jetant vers l'inconnu et la découverte de mondes nouveaux. Aujourd'hui, le détroit est un terrain de jeu pour narcotrafiquants et un cimetière pour migrants – peur, exaltation, inconnu et mondes nouveaux pour eux aussi.

Dans les ruelles escarpées de la ville, on peut se procurer des cigarettes détaxées et se prendre en photo devant des cabines téléphoniques rouges qu'on a conservées pour le folklore. Au fait, comment les Anglais se sont-ils retrouvés ici ? Il faut remonter à 1704, quand l'amiral Rooke a pris Gibraltar aux Espagnols qui l'avaient eux-mêmes reconquis deux siècles plus tôt sur les Arabes. Depuis, le territoire d'outre-mer reste un sujet d'embrouille entre les couronnes britannique et espagnole. Les Ibères rouspètent contre cette anachronie coloniale mais, de leur côté, ils possèdent deux enclaves (Ceuta et Melilla) sur les côtes marocaines, alors bon, ça va, hein. Pour emmerder les Anglais, les douaniers espagnols font du zèle à la frontière. Résultat : il faut se cogner deux heures d'embouteillage pour sortir. Plus qu'il n'en faut pour faire le tour de cette minuscule incongruité géographique.

# À Venise, avec Verdi et des super-paquebots

Je vous écris de Venise, qui est certainement la première destination mondiale du cliché. Ici plus qu'ailleurs, il faut contourner l'incontournable. Ne mettre les pieds sur une gondole sous aucun prétexte. Ne jamais s'embrasser sur la place Saint-Marc. Surtout pas de selfie sur le Rialto. Ce pont est devenu un panneau publicitaire. N'y a-t-il pas une loi divine, une balance du karma, qui punit les coupables de tels outrages visuels dans la capitale du Beau ?

On peut s'inquiéter pour Venise. On peut aussi se rassurer en se disant qu'elle a survécu aux Huns, à Napoléon, au fascisme, à la montée des eaux et aux super-paquebots. Elle survivra certainement à l'implantation d'un nouveau H&M. Ses habitants ont le sens du temps long, qui préserve le sublime.

Il n'est pas si compliqué de profiter de la Sérénissime malgré les assauts quotidiens de la horde touristique, et ce, en toute saison. La horde suit les artères principales. Il suffit d'un pas de côté pour se retrouver seul, dans une ruelle aboutissant à une piazzetta où un puits se souvient de ses conversations avec Corto Maltese. Venise se débrouille pour rester éternelle, à l'instar de sa Fenice qui renaît toujours de ses cendres. La salle mythique, qui accueillit la première de *La Traviata* il y a un siècle et demi, affichait complet. J'ai donc cherché ailleurs et j'ai déniché Musica a Palazzo, qui propose des opéras, non pas à l'Opéra mais dans un palais gothico-byzantin situé sur la rive gauche du Grand Canal. À la nuit tombée, on passe sous des arcades et on se faufile dans une venelle à l'obscurité chargée de mystères. Quelques personnes patientent devant l'entrée dans une ambiance de conspiration. La lourde porte du Palazzo Barbarigo-Minotto s'ouvre. Une cour donne sur un grand escalier qui mène à une nouvelle porte. Je m'attends à ce qu'on me demande un mot de passe avant de pénétrer dans une pièce où tout un tas de gens masqués seront en train de baiser avec élégance et sauvagerie (pardon, je m'égare, c'est parce que j'ai revu *Eyes Wide Shut* récemment). C'est un salon tout en longueur éclairé aux chandelles, hauts plafonds et mobilier baroque, stucs et lourds rideaux de velours rouge. Une trentaine de chaises sont dispersées autour d'un piano et de pupitres de partitions. Les gens sont en tenue de gala, sans masque (et ils ne baisent pas). Le quatuor s'installe parmi les spectateurs et accorde ses instruments.

Le silence se fait.

Violetta apparaît dans le salon, coupes de champagne en main. Elle m'en donne une. Nous trinquons. *La Traviata* vient de commencer. C'est un opéra de poche, intime, Verdi entre amis. Violetta rencontre Alfredo et c'est comme si nous y étions, parce que nous y sommes. La soprano chante sur moi, littéralement ; ses vocalises vibrent dans ma poitrine. Fin du premier acte. Le spectacle est itinérant, chaque partie se joue dans une pièce différente. Acte II, Violetta et Alfredo s'aiment et se déchirent sous les fresques de Tiepolo. Nous nous glissons dans une alcôve pour l'acte III. Violetta expire dans une dernière tirade et les bras d'Alfredo. Nous sommes en 1853 dans une Venise qui ne meurt jamais. Derrière les rideaux de velours rouge, le Grand Canal coule sans se soucier du temps qui passe.

# À Athènes, où l'on célèbre toujours le culte de Zeus

Je vous écris d'Athènes, une ville déroutante car on croit arriver dans le berceau de l'Europe et on se retrouve en Orient. Elle évoque Istanbul plutôt que Rome. C'est un bordel magnifique. Le trafic est absurde, les trottoirs pas droits ; on se gare sur l'autoroute, on roule à moto sans casque et on fume au restaurant.

Ce n'est pas gênant car on dîne en terrasse en novembre, ce qui procure une forme de satisfaction mesquine en pensant aux Parisiens écrasés par la grisaille automnale. Enfin, même en Grèce ce n'est pas normal d'avoir vingt-cinq degrés à cette période, et la satisfaction se trouve légèrement gâchée par la perspective de l'apocalypse climatique.

Je ne vous apprends rien : à Athènes, on trouve de très vieilles pierres qui nous rassurent quant à la permanence des choses. Je caresse du regard ces statues antiques, déesses lascives et autres bonasses caryatides qui m'entraînent dans des rêveries érotiques diurnes que je ne détaillerai pas pour éviter de vous choquer.

Devant le Parthénon, une escouade de gardiens surveille le troupeau de visiteurs pour les empêcher de voler des cailloux ou de faire n'importe quoi pour la photo. L'un d'entre eux me raconte qu'un touriste lui a un jour demandé : « Mais où se trouve le Colisée ? »

J'ai grimpé les marches du stade panathénaïque en courant pour imiter Rocky, comme je l'ai fait à Philadelphie page 43 de ce livre. Sur la piste, un petit podium est installé pour que les blaireaux dans mon genre puissent se prendre en photo comme des champions olympiques.

Je loge rue Hérodote.

J'ai appris, en interviewant une archéologue, que la religion hellénique était toujours vivace – alors qu'elle a été interdite par Théodose en 392. En 2020, des néopaïens dodécathéistes vouent un culte à Apollon, Athéna, Aphrodite et compagnie. Il y a même une branche extrémiste qui entend « libérer la Grèce de la dictature de la secte des Nazaréens ». Parfois, ils font des grèves de la faim.

Dans un restaurant de poisson nommé Travolta, le cuisinier a enfourné avec sa main du poulpe grillé dans ma bouche. Dans un bar nommé Batman, j'ai chanté en grec toute la nuit. Le lendemain, j'ai discuté avec un menuisier dont le calme olympien m'a fait oublier ma gueule de bois.

Sur le pont du ferry revenant d'Égine, j'ai prêté mon téléphone à un pope en soutane et kamilavkion qui voulait connaître le résultat des élections présidentielles roumaines. Quand il a compris que j'étais français, il m'a dit qu'il fallait « renvoyer les musulmans et les gitans en Afrique », ce qui témoigne d'une curieuse conception de la charité chrétienne et d'un niveau déplorable en géographie. Cet homme sentait mauvais, au sens propre du terme.

Giorgos III mesure un bon mètre, pèse dans les quatre-vingts kilos et barbote dans une petite piscine depuis sept ans. Giorgos III est pensionnaire de l'hôpital pour tortues de mer de Glyfada, le quartier chic et balnéaire d'Athènes. Appartenant à l'espèce *Caretta caretta*, Giorgos III s'est pris un coup de gourdin sur le crâne. Ça arrive fréquemment, m'explique le vétérinaire. Certains pêcheurs estiment que les tortues sont des concurrentes, alors ils leur défoncent la gueule.

Des hélicoptères zèbrent le ciel et les rues sont fermées à la circulation car le président chinois est en visite officielle. En exagérant, on pourrait dire que Xi Jinping vient faire un tour dans sa résidence secondaire. La Chine a racheté le port du Pirée, point d'entrée de ses marchandises en Europe. Elle a investi beaucoup d'argent quand le pays était au tapis. On ne mesure pas bien la puissance du ressentiment grec vis-à-vis de l'Union européenne.

Dans une bouzoukia du quartier rebelle d'Exarcheia, une chanteuse revisite le répertoire rebetiko, ce blues grec qui pleure les amours contrariées. Elle enchaîne les clopes et les verres de raki, un alcool local qui rend la nuit élastique. Elle est sublime, puissante et dévastée. Le public de la taverne reprend les refrains en chœur. Je suis hypnotisé.

Dans le quartier de Kypséli, j'ai goûté un anarcho-lesbo-satanist burger.

La chanteuse de rebetiko est connue dans les parages. Elle s'appelle Lena, elle est aussi actrice/réalisatrice/écrivaine/peintre. Elle me montre un magazine avec ses tableaux en couverture. Il y a des bites partout.

Un vieux luthier m'a conseillé de mettre du meraki en toute chose.

Sur les murs de la Fondation Onassis, on peut lire en lettres rouges :
*All we have is words*
*All we have is worlds*

Le mot *meraki* n'a pas d'équivalent dans d'autres langues. Il désigne, grosso modo, le fait de travailler avec cœur et passion. « Le meraki, c'est prendre soin de tout jusqu'au moindre détail », affirme Maria, une joaillière qui fabrique des talismans protecteurs. « C'est une histoire de partage et de respect. C'est savoir que quelqu'un a travaillé pour l'eau qui coule au robinet. Cet état d'esprit nous a aidés à rester stables pendant la crise. »

Sur les murs tagués d'Exarcheia, on peut lire : *Tourist go home.*

D'accord.

# À Chypre,
## où l'on contemple les ruines de demain

Je vous écris de Chypre, un pays pas très lointain et pourtant largement méconnu. (Si vous ne me croyez pas, essayez de citer trois personnalités chypriotes. Allez, même une seule. Vous voyez : c'est un pays largement méconnu.)

Stratégiquement située dans l'est de la Méditerranée, au croisement de l'Orient et de l'Occident, l'île a vu défiler les Grecs (Aphrodite serait née ici), les Perses, les Égyptiens, les Romains, les Byzantins (Chypre fut le premier pays avec un souverain chrétien), les Arabes, les Vénitiens (qui ont construit de belles murailles), les Ottomans, les Anglais (on conduit à gauche) et même, le saviez-vous, des Français (la dynastie des Lusignan, qui a jugé bon de faire escale ici sur la route des croisades et de rester pendant trois siècles).

Tous ces braves gens ont laissé derrière eux une pelletée de châteaux, d'églises, de mosquées et de ruines antiques, comme Salamine ou Paphos, que l'on visite écrasé par la chaleur et le poids de l'Histoire. Cette Histoire faite de conquêtes et de reconquêtes a également légué une cicatrice politique. L'île est divisée entre deux pays, dont l'un n'est pas vraiment un pays. Au sud, la République de Chypre, de culture grecque et membre de l'Union européenne. Et de l'autre côté, la République turque de Chypre du Nord, qui n'est reconnue que par un seul État – la Turquie. Si les temps sont calmes, sans un coup de feu depuis des décennies, l'île est toujours lézardée par une zone tampon sous le contrôle des casques bleus. Ce désert des Tartares est devenu une attraction touristique. Nicosie est « la dernière capitale divisée », comme le clame fièrement un panneau au checkpoint qui permet de passer d'un État à l'autre en traversant la rue. On change de langue mais on reste finalement au pays de la Méditerranée et on se rend vite compte que les chats indolents qui nous observent du coin de l'œil sont les vrais maîtres de la ville. Ils étaient là bien avant les Grecs et les Turcs.

Chypre offre son aridité dès le printemps, ses collines pelées surmontées d'éoliennes et le chant de ses petits oiseaux en contrepoint gracieux au vacarme des jeunes Russes en vacances. Vous trouverez ici de gentils ports de pêche, des plages pas forcément spectaculaires et des stations balnéaires sans grand intérêt quoique peuplées, comme Larnaka, depuis trente-quatre siècles. (Marseille, plus vieille cité de France : vingt-six siècles). Vous apprendrez que sa baie abrite l'un des « dix meilleurs sites de plongée au monde », l'épave d'un cargo désormais élevé au statut de ruine sous-marine. Vous irez voir Famagouste, parce que ça sonne bien, et vous vous laisserez emporter par le charme de la poussière, des pierres mal ajustées et de la patine du temps qu'on ne cherche pas à rattraper. À deux pas de là, vous longerez Varosia, une ville abandonnée lors de la guerre de 1974, vide de tout habitant, et dont l'accès est interdit par l'armée. Une ruine contemporaine, en somme. Et vous verrez ensuite, le long des côtes, ces hôtels fantômes à la construction interrompue par la crise des subprimes. Les touristes du futur les visiteront et le guide leur expliquera comment, au début du XXIe siècle, les magouilles de quelques escrocs à l'autre bout du monde modifiaient le paysage architectural méditerranéen. Elles sont les ruines de demain.

# En Serbie, où l'on danse le vlasko kolo sans s'arrêter

Je vous écris de Serbie où j'ai dansé le vlasko kolo pendant six heures au son d'un orchestre plein d'accordéons qui accéléraient le tempo en permanence. Il s'agit d'une danse folklorique où l'on tourne en rond en tenant la main moite de son voisin tout en sautillant frénétiquement, sans oublier de pousser de petits glapissements de joie. J'avais un peu d'alcool dans le sang. Un bon journaliste citerait le nom de la boisson locale mais j'en ai justement trop bu pour m'en souvenir. Un mauvais journaliste parlerait d'une ambiance à la Kusturica alors que pas vraiment.

Ça se passait à Bor, trente-quatre mille habitants, une ville que vous ne visiterez jamais, à deux pas de la frontière roumaine. C'est une cité minière dont la production de cuivre a dégringolé et le salaire moyen s'élève à trois cent soixante-huit euros par mois. On y trouve des barres d'immeubles décatis où sont logés des Tziganes sédentarisés et un centre-ville avec une avenue piétonne où, les soirs d'été, les enfants mangent des glaces sous le regard de leurs mères trop maquillées.

Si vous vous demandez ce que je foutais à Bor, sachez que j'étais invité à l'anniversaire de l'influenceuse fashion Natalia Grgona.

L'hôtel Bor Jezero se situe sur le rivage d'un charmant petit lac lui-même niché dans la forêt. Sur le ponton, on note une forte proportion de grosses carcasses bardées de tatouages jusque sur leur crâne rasé. On n'a pas particulièrement l'idée d'aller leur chercher des noises. Surtout le gaillard avec une grande croix orthodoxe gravée sur le torse et un maillot moule-bite aux couleurs du drapeau serbe.

Dans le hall de l'hôtel, j'ai fait un selfie avec un buste de Tito.

Le serveur du restaurant était sympathique, il m'a félicité d'avoir gagné la Coupe du monde – je n'y étais pourtant pas pour grand-chose. Il était surtout heureux que la France ait battu les Croates en finale. « On les déteste », a-t-il ajouté. « Mon père est croate », a précisé mon amie serbo-croate. Le serveur n'a rien dit.

J'ai été invité à dîner chez Ivan, l'oncle de mon amie. C'est un retraité qui vit dans une petite maison au jardin flanqué de pommiers. Il nous a servi du proya, du burek et du haivar puis il a quitté la table. Il était chez lui mais il ne voulait pas déranger. Sa fille Ivana est charismatique, polyglotte, drôle, jolie, sans emploi.

J'ai quitté Bor et roulé à travers les montagnes, j'ai vu des monastères et un magasin Ikea, puis j'ai fait une halte à Sremska Mitrovica, trente-sept mille habitants, une ville dont vous n'avez jamais entendu parler alors qu'une dizaine d'empereurs romains sont nés ici, dont Aurélien (en 207) et Probus (en 232).

Je me suis installé dans un hôtel sur pilotis surplombant la Save, des pêcheurs attendaient le silure, des hérons planaient sur le soleil couchant et des haut-parleurs hurlaient une effroyable musique autotunée qui massacrait la scène. Des reprises de Phil Collins avec un beat eurodance, ce genre.

À la frontière croato-serbe, cinq heures ont été nécessaires pour franchir un kilomètre, sous trente-huit degrés. La Serbie voudrait bien faire partie de l'Union européenne mais l'Union européenne n'est pas pressée. Alors la Serbie se retourne vers le grand frère russe.

Tiens, j'ai oublié d'aller voir Belgrade et le beau Danube bleu.

En Croatie, j'ai entendu parler français partout. J'étais revenu dans le monde du tourisme. C'était bien. Mais c'était moins bien.

# À Moscou,
## où l'âme russe fait volte-face

Je vous écris de Moscou et l'on pourrait très bien se croire sous Brejnev dans les couloirs du métro. Les contrôleurs poussiéreux installés au bas des gigantesques escalators n'ont pas dû bouger depuis le XX$^{e}$ congrès. On trouve encore faucilles et marteaux sculptés sur les colonnes, ornements rescapés du réalisme socialiste. Remontés à la surface, des McDo's et des 4 × 4 qui roulent à cent cinquante kilomètres/heure rappellent que l'on est sous Poutine.

Sur terre et sous terre, la morosité fataliste de l'âme russe saute à la gorge. On lit la perte d'un empire dans les regards fatigués. Tout est terne, comme s'il fallait imiter le ciel. La Russie est un des seuls pays dont la population diminue, le nombre d'avortements est supérieur à celui des naissances. L'avenir n'a pas le vent en poupe.

La nuit tombe à 16 heures et le décor change. L'âme russe fait volte-face. Le Moscovite est abrupt jusqu'au moment où il a suffisamment d'alcool dans le sang pour ouvrir largement ses bras et t'accueillir comme un frère. Me voici dans un club pour privilégiés, décadent à point. Porte très sévère, *rich or beautiful people only* et danseuses en cages suspendues au plafond. Au bar, des dizaines de barbies, immenses blondeurs trop apprêtées, qui semblent n'avoir jamais décoché un sourire de leur brève existence. Ce ne sont pas exactement des prostituées, plutôt des chercheuses d'or, qui, de leurs talons, creusent les sables mouvants de la libido masculine jusqu'à trouver la pépite, ou la truffe. L'endroit est bondé. Tout le monde boit, personne ne danse. Surtout ne pas s'amuser. La vie est tragique, merde, relisez Maïakovski.

Les Russes sont pourtant censés disposer de certaines compétences en termes de danse. Nijinski, Noureev, tout ça. Pour être tout à fait honnête, le ballet et sa perfection rigoureuse ne m'atteignent pas plus que ça. Il me faut de la pulsation pour ressentir les cœurs. Plutôt que d'aller au Bolchoï, je me rends donc au cirque Nikouline, où se déroule un concours de break réunissant les meilleurs B-boys du monde (ces types qui dansent sur des beats funky en tournant sur la tête).

« Au début, on copiait les Américains, puis on a récupéré des éléments russes, traditionnels ou classiques, explique Bootuz, l'un des juges. L'âme russe, tu peux la voir dans la façon dont Yan danse. »

Yan, un des compétiteurs, intègre en effet des mouvements de kazachok au milieu de ses phrases : « Quand j'ai commencé en 1996, la situation était catastrophique en Russie. On était pauvres. On mettait des cartons sur la neige et on dansait dans la rue. Avec ce vécu, je comprends mieux que d'autres l'esprit originel du hip-hop, qui consiste à créer quelque chose à partir de rien. »

Histoire contemporaine de la Russie : remettre les compteurs à zéro et se réinventer dans l'urgence, en sachant que c'est perdu d'avance.

Yan a été éliminé. C'est un Américain qui a gagné le concours.

Sinon, la place Rouge, c'est très joli.

# À Berlin, que l'on retrouve vingt ans après s'y être perdu

Je vous écris de Berlin où, en descendant de l'avion, on arrive directement dans la salle des bagages. Les valises arrivent quatre minutes plus tard. Aucun pays ne justifie ses stéréotypes plus rapidement que l'Allemagne : c'est vrai que ces gens sont ponctuels et bien organisés.

La dernière fois que j'ai mis les pieds dans cette ville, c'était le 31 décembre 2000. Je ne me souviens pas de tout, parce que j'avais consommé des substances qui altèrent la mémoire, mais je me souviens que les Allemands étaient déjà ponctuels et organisés.

À l'époque, Berlin-Est ressemblait encore un peu à une ville de l'Est ; le mur écroulé structurait toujours la ville. L'architecture inflexible de la Karl-Marx-Allee écrasait le camarade touriste sous le poids de sa rectitude et le vent d'hiver restait à la porte des hangars électroniques où venait mourir le XXe siècle. Je m'étais égaré sous les effets conjugués de l'architecture socialiste et des drogues de synthèse et ça ne m'avait pas posé de problème car seul celui qui sait se perdre peut trouver quelque chose.

Aujourd'hui, Berlin est un poste avancé de l'hipsterisation du monde, avec ses trottoirs végétalisés, ses baristas barbus-tatoués, ses toilettes all gender, ses burgers végans, son yoga comme religion. On comprend que des bataillons de jeunes Européens créatifs se soient rués sur cette ville. La densité moindre favorise l'esprit de tolérance et les loyers peu élevés. Mais la phase d'hipsterisation atteint son seuil critique d'embourgeoisement, comme en attestent à la fois la prolifération des vélos cargos et les ravages du tourisme en vols low cost.

Je suis un cas typique. Je loge à Prenzlauer Berg, entre un magasin de jouets d'occasion qui tire sur la corde de l'ostalgie et un libraire qui débite du développement personnel. Je sillonne la ville à bicyclette de la tour de télévision à la porte de Brandebourg. Je lézarde au Tiergarten en songeant aux slogans climatiques qui bombardent les murs de leur urgence apocalyptique. Comme tout bon Français indiscipliné, je subis le regard désapprobateur de l'autochtone quand je traverse alors que le feu piéton est au rouge. Je me sens un peu arriéré et j'aime ça.

C'est les beaux jours, je fais du bateau sur la Spree en engloutissant des montagnes de currywurst (ai-je déjà dit que les stéréotypes fonctionnaient bien dans cette ville ?). Le soir, avec mes amis qui viennent à Berlin « trois fois par an », j'arrive devant une ancienne usine de briques rouges, immense et bariolée de street art revendicatif, reconvertie en lieu de teuf pour nantis. En sourdine, une vieille house émane du sous-sol pour me propulser vingt ans en arrière. Une jeune femme danse toute seule dans la lumière du crépuscule et sur le toit de l'immeuble, vigie extatique perchée sur le cœur de l'Europe. Elle s'offre une capsule de liberté. Elle n'était sûrement pas née en l'an 2000.

## À Davos, où l'on fraie avec les grands de ce monde

Une femme africaine en boubou tient son discours devant une assemblée composée pour l'essentiel d'hommes occidentaux en costume cravate. « En 2001, il y avait un million de téléphones mobiles dans mon pays. On en compte désormais quatre-vingt-seize millions. Si ce n'est pas une révolution, je ne sais pas ce que c'est. » Depuis vingt minutes, Ngozi Okonjo-Iweala, ministre des Finances du Nigeria, vend la croissance de son pays, deuxième économie du continent, et la montée de ses classes moyennes. Elle n'occulte pas les difficultés, la pauvreté persistante et la corruption. Mais son discours n'est pas un appel à l'aide. C'est un exposé des opportunités de business. Et la cinquantaine de dîneurs applaudissent.

La scène se déroule pendant la 43e édition du Forum économique mondial de Davos. Comme chaque année, pendant une petite semaine, la station suisse accueille sur ses trottoirs verglacés des palanquées de *global leaders* emmitouflés. Soit deux mille six cents participants venus d'une centaine de pays, élites économiques, politiques et intellectuelles de notre monde, incluant quarante-cinq chefs d'État ou de gouvernement. Davos : réunion pragmatique pour les uns, symbole du Mal pour les autres. Ce forum est-il un cénacle de philanthropes soucieux d'« améliorer l'état du monde » (c'est son objectif officiel) ou un meeting de capitalistes irresponsables qui se partagent la planète en fumant le cigare et en mangeant des enfants ? J'ai trois jours pour me faire une opinion.

Je suis arrivé à Davos dans le sillage de Félix Marquardt, un Franco-Austro-Américain basé à Paris, qui exerce dans le *power mapping*, comprendre : l'entregent. Félix est un facilitateur de rencontres, un diplomate privé, un agitateur d'idées et un sacré lascar. Parmi ses clients passés ou présents, on compte des présidents (Saakachvili en Géorgie, Martinelli au Panama, Santos en Colombie), des politiques en campagne ou des ONG (la Fondation Bill et Melinda Gates). C'est Marquardt qui organise la première édition de cet *Emerging Times Dinner* où s'exprime la ministre nigériane, en collaboration avec le groupe Total et l'*International Herald Tribune* (dont il est l'ancien directeur de la communication). Pour Marquardt, Davos est « une métaphore parlante de la façon dont le monde évolue. Il y a vingt ans, la périphérie venait rencontrer le centre. Aujourd'hui, la périphérie est devenue le centre ». De son point de vue, le déclin économique de l'Occident est un rééquilibrage des forces. Les anciens pays pauvres grignotent leur part du gâteau, contribuant à sortir de la misère des centaines de millions de personnes. Ces émergents, Félix s'applique à leur donner des noms et des visages. « Nous vivons encore dans un monde avec, d'un côté, Bill Gates et Angela Merkel, Madonna et Oprah Winfrey, et, de l'autre, "les Chinois", "les Indiens" et "les Brésiliens". Les nouveaux acteurs de la mondialisation ne sont pas des concepts, des régions ou même des pays. Ce sont des femmes et des hommes, et il est temps que nous apprenions à les connaître. » Une posture qui lui vaut d'être taxé de « gourou des relations publiques des nations émergentes » par le magazine *Vanity Fair*.

Durant ce dîner, j'ai l'occasion de discuter avec un consultant mongol, un investisseur coréen ou un ancien président du Ghana. Un léger frémissement accompagne l'arrivée de Khalid Al-Falih, P-DG de la Saudi Aramco, la société pétrolière nationale d'Arabie saoudite. En jetant un coup d'œil sur l'assemblée, on suppose que le raout ne sera pas le plus funky qui soit. Pourtant, le premier intervenant du dîner, Gino Yu, un universitaire hongkongais spécialisé dans le développement de la créativité, fait sa présentation en slam. Petite excentricité inattendue qui génère quelques sourires.

C'est un des talents de Félix que de savoir décloisonner les univers. Ses dîners parisiens mêlent patrons, rappeurs et journalistes ; il croit aux vertus de l'éclectisme. Lui-même porte la cravate associée à des baskets fluo, devenues une marque de fabrique qu'il ne rechigne pas à exhiber sur les plateaux de télé, en bon expert du *personal branding*.

Après le Hongkongais slameur, Christophe de Margerie, P-DG de Total, monte sur scène. Il ne slame pas, dommage, mais multiplie les blagounettes et les tirades humanistes : « L'énergie, c'est les gens. L'énergie, c'est l'amitié. » Le personnage a le charme des pince-sans-rire. En conversation privée, il se révèle affable, aussi chaleureux que son entreprise est impopulaire. C'est pour « les gens » qu'il vient au forum, car « Davos, ce n'est pas ce qu'on croit ».

Au départ plutôt européen et purement économique (il s'appelait European Management Symposium à son origine en 1971), le forum s'est progressivement diversifié, s'ouvrant au reste du monde et à la société civile en invitant des ONG, des syndicats, des personnalités religieuses ou scientifiques et même des people. Après Bono ou Sharon Stone, c'est Charlize Theron qui se charge cette année d'apporter la touche glamour du ~~festival~~ forum. Davos, ce n'est pas ce qu'on croit ? Mon voisin de tablée, l'essayiste Michel Ogrizek, acquiesce entre deux fourchettes de roast-beef. Il connaît le sujet, ayant été naguère un des responsables de la communication du forum : « Ceux qui pensent que Davos n'est que du business n'ont rien compris. On y crée l'agenda global. »

Comment cela fonctionne-t-il, concrètement ? Au centre des congrès se tiennent les conférences (diffusées sur YouTube) sur les questions globales. Elles se caractérisent par leurs noms pompeux (« *Experiencing Mindful Leadership* », « *Meeting the Innovation Imperative* »...) et la qualité de leurs intervenants. Les grands de ce monde, chefs d'État, P-DG et autres Prix Nobel, viennent y jouer les oracles. Pour faire partie de ce Davos « in », les entreprises doivent attester un chiffre d'affaires supérieur à cinq milliards de dollars (et payer quelques dizaines de milliers de dollars de tickets d'entrée, broutille). Puis il y a le « off », avec ses soirées, ses dîners, ses apartés informels. C'est dans ce cadre que nous évoluons, et, comme souvent, les coulisses s'avèrent plus édifiantes que le spectacle officiel.

« Davos, c'est une secte », métaphorise une journaliste d'agence habituée des lieux. Le terme est excessif, mais on ne peut que humer le parfum d'entre-soi flottant sur cette réunion de puissants, ce qui participe de la convivialité des échanges et alimente les théories du complot. Postulat largement partagé par les participants : ceux qui sont ici méritent d'y être ; on peut donc laisser tomber certaines barrières. Même quand j'informe mes interlocuteurs de mon statut de journaliste, je ne suscite pas de méfiances particulières. On fait confiance au off. Et quand on est un *Davos virgin*, un nouveau venu comme moi, l'accueil est bienveillant.

Les rencontres durent souvent moins de trois minutes et l'échange de cartes de visite devient un art martial. « Si tu repars avec moins de deux cents cartes, c'est que tu as raté ton Davos », estime un consultant en télécom rencontré autour d'un petit déjeuner à l'hôtel Belvédère. C'est l'un des centres névralgiques de la station. L'établissement est sacrément bien tenu : des tubes de baume à lèvres et des minikits de cirage sont gracieusement mis à disposition dans les salles de réunion.

En prenant le café, j'échange quelques mots avec le commissaire européen Michel Barnier ou l'aéronaute suisse Bertrand Piccard. Pour le dire vite, les Davosiens sont décontractés. Boris Johnson est coiffé n'importe comment. Lloyd Blankfein, P-DG de Goldman Sachs, arbore une barbe de trois jours pour gagner en cool (le temps que les journalistes consacrent à son look diminue d'autant la couverture médiatique du énième scandale touchant la banque américaine).

Au détour d'un couloir, je tombe sur Christine Lagarde qui discute le bout de gras avec Lakshmi Mittal. La directrice générale du Fonds monétaire international (impliquée dans l'affaire de l'arbitrage controversé du conflit entre Bernard Tapie et le Crédit lyonnais) avec le roi indien de l'acier (ayant annoncé cette semaine-là la suppression de mille trois cents postes dans ses usines belges), membre du conseil d'administration de Goldman Sachs et sixième fortune mondiale. Je ne sais pas ce qu'ils se racontent, mais il se peut que les décisions prises à l'issue de cette discussion influent sur le destin de milliers de personnes. En toute décontraction.

Soyons honnêtes : frayer dans cet environnement est un peu grisant. Suis-je déjà corrompu par la proximité du pouvoir ? Après avoir organisé un débat contradictoire avec moi-même, j'en arrive à la conclusion que : non, je ne crois pas. Cette excitation est identique à celle qui me saisit en arrivant dans un village retiré de la brousse mozambicaine. Simplement la jouissance du reporter accédant aux zones rares. Une différence toutefois : dans un village africain, je sais que je suis le plus riche. À Davos, il est probable que je sois le plus pauvre.

On fréquente le monde entier durant ce forum, mais assez peu de Français – environ quatre-vingts participants officiels cette année. Ils n'ont jamais été friands de ce rendez-vous où règnent des valeurs anglo-saxonnes et une rectitude germanique. « Le principal frein des Français à Davos, c'est leur faible maîtrise de l'anglais », se désole Félix. L'anglais entendu ici est une idéologie en soi. Les slogans dessinés dans les couloirs de l'hôtel Belvédère nous bombardent d'injonctions telles que *drive innovation* et *enable progress.* Impression d'évoluer dans une novlangue issue d'un manuel de développement personnel. Dans les discussions, on échappe difficilement aux termes *positive thinking* ou *empowerment.* Davos se complaît dans un vocabulaire suffisamment élevé pour sembler chic et assez flou pour être dénué de sens, comme le montre l'utilisation excessive des mots « résilience » ou « paradigme ». « Oui, on entend beaucoup de platitudes », concède le directeur d'un grand journal en rallumant une cigarette sous la neige.

Si l'on rencontre des baratineurs inconsistants (souvent dissimulés sous l'étiquette « consultant »), certains personnages s'avèrent passionnants. C'est le cas de José Ramos-Horta. Vêtu d'une chouette chemise bariolée, ce petit homme replet tranche parmi les grands fauves habillés sur mesure. Après un quart de siècle d'exil et de lutte pour l'indépendance de son Timor-Oriental alors occupé par l'Indonésie, Ramos-Horta en est devenu le président, auréolé par un prix Nobel de la paix reçu en 1996. Aujourd'hui reconverti dans la diplomatie, Ramos-Horta estime qu'il « vaut parfois mieux être non gouvernemental pour aider à la résolution des conflits ». Défenseur des droits de l'homme (dans des circonstances où cela veut vraiment dire quelque chose), Ramos-Horta a échappé à une tentative d'assassinat en 2008. Une caractéristique qu'il partage avec Sam Rainsy, Cambodgien réfugié à Paris et opposant à la dictature de Hun Sen, ex-Khmer rouge au pouvoir depuis trois mauvaises décennies. Nous le rencontrons sur les hauteurs de la station, à l'hôtel Schatzalp qui, pour l'anecdote littéraire, sert de cadre à *La Montagne magique* de Thomas Mann. Devant le paysage apaisant des sommets des Grisons, Sam Rainsy et son épouse Tioulong Saumura, députée du Parlement, racontent leur lutte, les manifestations pacifiques et les grèves de la faim. Tous trois embarqués avec la délégation Marquardt, Ramos-Horta et le couple Rainsy-Saumura viennent de petits pays pour défendre de grandes causes, faire entendre leur voix et chercher des soutiens internationaux. On est là bien loin des vilains capitalistes mangeurs d'enfants.

Dans un tout autre registre, il est une espèce particulièrement choyée à Davos : les *young global leaders*. Des talents sous la quarantaine sélectionnés par les organisateurs, une pépinière de jeunes pressentis pour bâtir le futur. Un exemple ? « On avait invité les petits gars de Google avant qu'ils pèsent cent milliards », explique Michel Ogrizek. « Ils sont venus en jeans, ils ont discuté avec des gens importants, ils ont appris des choses. Ils ont vu ce qu'il fallait faire et ne pas faire. »

Olivier Oullier fait partie de ces *young global leaders*. Professeur au laboratoire de psychologie cognitive d'Aix-en-Provence, ce neuroscientifique présente un dispositif pour lequel je joue le cobaye. On m'affuble de lunettes captant mes mouvements oculaires et d'un casque enregistrant mes signaux cérébraux. Équipé de cet attirail de Jedi, je parviens à faire disparaître un cube sur un écran par ma seule pensée. La science-fiction, c'est maintenant. Oullier détaille les applications possibles dans l'univers des jeux vidéo ou de la prévention médicale. D'autres s'intéressent au potentiel de cette technologie pour étudier les attitudes de consommation.

Voici maintenant Lourenço Bustani, un trentenaire brésilien. Il a étudié les sciences politiques aux États-Unis avant de fonder Mandalah, une société de conseil en tendances basée à São Paulo. « On propose une façon de faire du business qui évite les protocoles rigides associés au monde des affaires. On cultive l'humain et on regarde toujours la personne derrière la carte de visite. Nous détestons le mot "consommateur". Les entreprises doivent être au service de la société. C'est OK de gagner de l'argent, mais pas au détriment des autres : c'est le paradigme du XXIe siècle. » Lourenço vend donc de la déculpabilisation. Très bien, mais comment s'y prend-il ? « Il faut élever la conscience des gens vers l'amour. Si l'on n'équilibre pas les chiffres avec des valeurs de compassion, ça ne marche pas sur le long terme. » Il est ensuite question de cercle magique, de connexion spirituelle et de chamanisme. Je suis sur le point de prévenir la sécurité, un hippie a visiblement réussi à s'infiltrer. J'ironise, c'est un peu facile ; pendant ce temps, Lourenço se gave. Ses clients s'appellent Nike, General Motors, Pepsi ou HSBC. Il a récemment été classé parmi les « *100 most creative people in business* ». « Les jeunes Brésiliens sont curieux et expérimentaux. Ils accueillent favorablement les idées neuves car notre culture est métissée, syncrétique. » Puis il lâche, comme une évidence : « L'Europe est morte. »

Nous logeons dans le même chalet que lui, prêté par des amis de Félix (il faut se serrer à Davos, les hôtels sont réservés cinq ans à l'avance pour la semaine du forum). Le soir, avant de s'endormir, Lourenço fait jaillir un mantra de son iPhone. Puis, afin d'optimiser les vibrations de la chambre, il frappe à trois reprises sur une cloche tibétaine.

Davos a tous les atours du havre de paix. C'est la moindre des choses quand on sait que plus de trois mille soldats de l'armée suisse sécurisent le périmètre, sans que cette présence militaire soit vraiment pesante. On remarque à peine le sniper cagoulé posté sur le toit de l'hôtel Belvédère.

Situé au sommet de la chaîne alimentaire, l'homme de Davos est prêt à sauver le monde, empreint d'une mission civilisatrice et armé de cet optimisme constitutif du capitalisme. Je m'attendais à du cynisme et je n'entends que des discours angéliques. Bien sûr, l'homme de Davos n'est pas complètement naïf. Il est surinformé, il sait que le monde va mal. Les crises financières ont fait évoluer la phraséologie et certaines attitudes : « On ne frime plus avec la couleur de son badge, qui hiérarchise le niveau d'accès », explique la journaliste qui couvre le forum depuis des années. Profil un peu plus bas. Finie, l'arrogance du capitalisme triomphant.

« Mettre fin aux excès de la finance » : cela fait partie des objectifs de Klaus Schwab, l'inamovible fondateur du forum, au même titre que la défense de la compétitivité et le retour de la croissance. Ce docteur en économie de soixante-quinze ans, amateur d'opéra et adepte de la méditation (encore un hippie) a mis de l'eau dans son vin libéral. Il prône désormais une régulation modérée du capitalisme. L'entrepreneuriat social est valorisé et la lutte contre le changement climatique est présentée comme une priorité incontournable. Mais on a beau éplucher le programme des dizaines de conférences, une seule porte directement sur ce thème (il y a cependant des causeries sur le jazz, sujet d'une urgence somme toute relative). J'ai parlé du climat avec la plupart de mes interlocuteurs. Et la plupart de mes interlocuteurs ont botté en touche, oscillant entre les déclarations creuses, le déni et le je-m'en-foutisme. Autant de manières de ne pas affronter l'évidente contradiction : la croissance économique (raison d'être du capitalisme) et la baisse des émissions de gaz à effet de serre sont difficilement conciliables. La vraie préoccupation des Davosiens, c'est la croissance.

Malgré les prises de conscience apparentes, l'atmosphère générale du forum laisse donc un sale goût de *business as usual*. Dans les couloirs du Belvédère, une jeune femme distribue des sacs en coton équitable, estampillés « Davos : We feed the children of the world ». C'est bien. Elle devrait les donner au cocktail voisin, où s'ébrouent quelques champions de la finance, dont le métier consiste parfois à spéculer sur les matières agricoles, quitte à provoquer des émeutes alimentaires, voire des famines.

Davos est un reflet du monde, oui, mais sans les pauvres, qui ne sont guère représentés. La misère est ici traitée comme une donnée, une variable à ajuster. Presque une abstraction.

D'ordinaire, des organisations altermondialistes viennent camper au pied de la station pendant le forum. Des rencontres ont parfois été organisées avec les protestataires. Pas cette année. Finalement, à quoi bon discuter si, comme le considère Klaus Schwab, « il n'y a pas d'alternative au capitalisme » ? Ça tombe bien, la plupart des gens n'ont rien contre le capitalisme en soi. Ils sont simplement écœurés par sa corruption.

Il est grand temps d'aller jouer les parasites mondains pour oublier l'état du monde. Comme on l'a déjà dit, Davos ce n'est pas que du business ; c'est aussi le royaume de la teuf utile. À la réception JP Morgan, Tony Blair a l'air en pleine forme et les toasts au caviar font leur petit effet (la banque américaine semble donc s'être remise de l'affaire dite de la « baleine de Londres », surnom du trader responsable de la perte de deux milliards de dollars). La veille, Nicolas Sarkozy a donné une conférence à huis clos pour la Barclays (banque anglaise condamnée pour avoir trafiqué des taux interbancaires).

De son côté, la délégation indonésienne a mis les petits plats dans les grands. Un orchestre d'angklungs (percussions mélodiques complexes, constituées de bambous) joue *La Vie en rose* de Piaf ou *Bohemian Rhapsody* de Queen. Je fais coucou à Miss Indonésie et je serre la main du ministre du Commerce, Gita Wirjawan (un ancien dirigeant de JP Morgan). « Il sera Premier ministre un jour », glisse Félix qui mise sur les personnalités émergentes des pays émergents et tisse la toile de son réseau avec gourmandise. Il est euphorique d'avoir mis la main sur Tony Fernandes, le président d'Air Asia, compagnie malaisienne qui vient d'annoncer l'achat d'une centaine d'Airbus A320, commande à neuf milliards trois cents millions de dollars.

Félix rêve d'un destin à la Klaus Schwab, l'homme qui chuchote à l'oreille des maîtres du monde. Le voilà qui arrive sur scène avec son allure de technocrate austère. Suivi par sa propre équipe audiovisuelle et armé d'un culot sans faille, Marquardt entreprend le très sollicité fondateur du forum. Félix, c'est le type qui est toujours sur la photo, avec un grand sourire et une main sur l'épaule des puissants (qui ne le connaissent pas toujours), photo qui alimentera son aura en ligne. Son narcissisme assumé, ses ambitions et sa grande gueule suscitent bien sûr des agacements : Félix ne manque pas de détracteurs sur Twitter. Mais les journalistes tombent aisément sous son charme de mâle alpha, même s'ils ne sont pas dupes de ses trucs d'hyper-communicant et de son storytelling (gosse de riche turbulent / ancien producteur de rap /devenu *global influencer*).

Après une certaine heure, les troupes davosiennes rajeunissent et enchaînent les soirées où coulent le bon champagne et la mauvaise musique. On se rapproche parfois de l'ambiance école de commerce, avec cravates nouées autour de la tête et jeunes gens formés dans les rallyes dansant le rock. Un *young global leader* défoncé m'alpague sur le dance floor : « On va en vendre des millions », m'assure-t-il, sans préciser de quoi il parle. Le même, un rien fanfaron, à 2 h 45 du matin : « Je vous laisse, j'ai rendez-vous demain avec David Cameron. »

Davos la nuit, ce sont des petits moments de grâce où l'on peut entendre un P-DG de multinationale prononcer la phrase : « Personne a vu ma cravate ? » Ou se faire engueuler par la princesse de Norvège parce qu'on a subtilisé son briquet par mégarde. Qui sait, peut-être verrons-nous Angela Merkel faire la chenille ? Tout est possible. Ah non, pas tout. Par exemple, on ne peut pas accéder à la fête la plus hype, celle de Sean Parker, cofondateur de Napster et actionnaire de Facebook. Nous ne sommes pas sur la liste. On a beau naviguer en altitude, les hiérarchies sociales persistent.

Les fêtards les plus vaillants convergent vers le Piano-Bar, institution nocturne de la station où un chanteur enrobé joue des tubes entouré par des clients envahissants qui, passé un certain cap, aiment à lui piquer le micro pour pousser leur propre chansonnette (blues des businessmen, ils auraient voulu être des artistes). L'établissement est agréable, quoique, de l'avis général, le gros point noir réside dans la faible proportion de meufs. Davos reflète les rapports de pouvoir contemporains : on compte seulement 17 % de participantes au forum. « La qualité physique des femmes s'améliore. Mais en quantité, ça ne peut pas augmenter », estime élégamment un consultant anglais, qui se trouve être petit et moche.

Il y a bien quelques gourgandines esseulées, aux poitrines artificielles, accoudées au comptoir en attendant le milliardaire, mais pas tant que ça. La densité de prostitution visible semble bien faible rapportée au volume de richesse testostéronée. Trop peu de putes donc, constat étonnant dans cet environnement pragmatique, peuplé de mâles maîtrisant mieux que quiconque les mécanismes de l'offre et de la demande.

Plus tôt dans la soirée, j'ai vu des joints écrasés dans des boîtes de caviar recyclées en cendrier. Dans les fauteuils du Piano-Bar, on flotte maintenant dans l'odeur des gros cigares qui ajoutent un peu de brouillard sur les sens altérés du bout de la nuit. On ne voit pas beaucoup d'Occidentaux tirer sur des Cohibas. Trop XX^e^ siècle, peut-être. En revanche, les membres de la délégation sud-africaine fument des barreaux de chaise avec ostentation. Une appropriation des clichés capitalistes par les nouveaux riches, qui résonne avec le discours offensif de la ministre nigériane lors du premier dîner : « L'Afrique change. Ceux qui ne s'en rendent pas compte seront laissés sur le côté.

Nous ne serons pas émergents pendant très longtemps. »

Leaders venus d'ailleurs, votre Histoire est en marche. Le monde d'après-demain vous appartient. Essayez d'en prendre soin.

# À Gap,
## où l'on rentre au bercail

Je vous écris de Gap, Hautes-Alpes, qui est de toute évidence le plus bel endroit du monde. Je vous accorde que ce propos n'a aucune valeur scientifique. Mais c'est le cri du cœur (et le cœur vaut-il moins que la raison, franchement ?), le cœur d'un homme qui a baroudé sur les cinq continents, navigué sur les sept mers et vécu quinze ans à Paris. Après vous avoir envoyé des nouvelles de la planète, je reviens sur mes terres natales, heureux qui comme Du Bellay préfère au bout du compte son petit Liré au mont Palatin.

Vous me direz, ça marche avec n'importe quel patelin, on est toujours un peu attaché à ses origines, qu'elles se trouvent à Dunkerque ou à Bamako. Mais vous dites ça parce que vous n'êtes jamais venus dans cette région où la majesté des Alpes épouse le miracle de la Provence dans un écrin de lumière. Chez moi, on contemple les montagnes enneigées d'un œil, et on entend les cigales de l'autre.

Écoutez, visiteurs, le chant de la Durance dévalant ces contrées qui virent, il y a vingt-deux siècles, passer les éléphants d'Hannibal. Regardez les marmottes et les bouquetins qui broutent tranquillement sur ces pentes où, l'hiver venu, les skieurs viendront faire les kékés. Plongez dans l'émeraude obscure du lac de Serre-Ponçon, cet idéal aquatique parsemé de criques édéniques et préservées des hordes.

Joli bassin gapençais, mon petit Walhalla enclavé. Nous sommes loin de tout et donc loin des industries polluantes et des autoroutes. L'air y est pur et le temps clément. On raconte cette histoire du retraité de Météo France ayant choisi de s'installer ici après toute une carrière à observer les cieux de notre pays. Trois cents jours de soleil par an, on n'en est pas peu fiers. Gap, c'est *la capitale douce*, clame l'office du tourisme de la plus haute préfecture de France (parfaitement). Bien vu pour la douceur ; pour la capitale, c'est un peu du foutage de gueule avec quarante mille habitants. On ne peut pas tout avoir. Pour être honnête, je ne garantis pas que vous trouverez un restaurant ouvert après 21 heures en hiver. Cette ville n'est pas un haut lieu de shopping (aucun magasin Gap à Gap) ou de culture. Certes, aucune autre cité ne peut s'enorgueillir d'être la patrie de Guillaume Farel (1489-1565). Comment ? Vous ne connaissez pas Guillaume Farel, pote de Calvin et artisan de la Réforme en Suisse romande, qui a une jolie plaque commémorative sur la place Jean-Marcellin ? Comment ? Vous ne connaissez pas Jean Marcellin (1821-1884), le sculpteur de la fameuse statue du baron de Ladoucette (1772-1848) ? Comment ? Vous ne connaissez pas le baron de Ladoucette ? OK, j'arrête. Gap n'a pas produit de grands personnages historiques mais elle engendre des pelletées de champions : des alpinistes, des footballeurs, des champions du monde de rallye et même une ex-détentrice du record de France de lancer de poids. Des sportifs, nourris au grand air sain de notre nature privilégiée.

Les Gapençais naissent avec un élastique dans le dos, dit-on ici. On fuit l'étroitesse de nos vallées, on finit toujours par revenir car l'herbe y est plus verte et ce n'est pas une métaphore.

Oui, je reviendrai à Gap comme Charlebois à Montréal.

Quand mes jambes ne me permettront plus d'arpenter la planète, j'y cultiverai mon jardin et mes souvenirs. Je planterai des graines au pays de mes racines. Loin du tumulte, je me cisèlerai une sérénité sédentaire dans l'attente du dernier voyage. Comme Brassens à Sète, j'écris une supplique, non pas pour être enterré sur la plage – il n'y en a pas à Gap – mais pour que soient dispersées mes cendres aux sources du Drac, là-haut, au berceau de ma famille et sous le regard des Écrins, pour qu'elles rejoignent l'océan et fassent le tour du monde.

D'ici là, passez quand vous voulez pour manger quelques tourtons, boire un fond de génépi et respirer un grand coup. Vous êtes les bienvenus.

## Carte de remerciements

Cet ouvrage n'aurait pu voir le jour sans les rédacteurs en chef inconscients qui m'ont envoyé vers des destinations improbables et m'ont laissé écrire ce que je voulais dans leurs colonnes respectives.

Que soient ici applaudis Sandrine Mercier et Michel Fonovich, légendaires fondateurs du magazine voyageur *A/R*, de même que Tristan Savin, grand timonier de la revue *Long cours*.

Merci également à *L'Almanach des voyageurs*, *Décapage*, *L'Équipe sport & style*, *M le magazine du Monde* et *Grazia*.

Ce livre serait sans doute resté à l'état de projet sans l'enthousiasme de Benoît Heimermann et de toute l'équipe des éditions Stock.

Gratitude envers ceux qui m'ont embarqué dans leurs aventures, Jérôme et Christophe Blanc-Gras, Boris Coridian, Alfred de Montesquiou.

Révérence à la fondation Gacha, aux Instituts français du Cameroun et de Kinshasa.

Salutations à tous ceux, trop nombreux pour être cités, qui sur cette planète m'ont ouvert leur porte et raconté leurs histoires.

Un voyageur sans foyer n'étant qu'un vagabond, je serais perdu sans ma boussole : gloire à la princesse de Séoul, merveilleuse compagne de route.

Pages 53, 57, 63, 91, 105, 113, 139, 181, 185, 189, 215, 219, 247, 253, 257, 261, 265, 271, 275, 279, 283, 305 : chroniques parues dans *A/R magazine*

Page 49 : *Décapage* n° 51, automne-hiver 2014

Page 95 : *Grazia* n° 253, 1er août 2014

Page 117 : *M, le Magazine du Monde*, 25 août 2012, sous le titre « Un safari entre les barbelés »

Page 125 : *L'Équipe Sport & style* n° 81, mars 2017

Page 173 : *Almanach des voyageurs* n° 2, 2013

Page 193 : *Long cours n° 10*, hiver 2019

Page 227 : *Long cours* n° 7, été 2014

Page 287 : *Long cours* n° 4, été 2013

*Cet ouvrage a été composé*
*par PCA*
*et achevé d'imprimer sur Roto-Page*
*par l'Imprimerie Floch, Mayenne*
*pour le compte des Éditions Stock*
*21, rue du Montparnasse, 75006 Paris*
*en août 2021*

PAPIER À BASE DE FIBRES CERTIFIÉES

Stock s'engage pour l'environnement en réduisant l'empreinte carbone de ses livres. Celle de cet exemplaire est de :
750 g éq. $CO_2$
Rendez-vous sur www.editions-stock-durable.fr

*Imprimé en France*

Dépôt légal : mai 2021
N° d'édition : 03 – N° d'impression : 98705
37-51-1585/2